I THE ALLO ZE

Era sera tardi, stavo fumando il mio piccolo joint sospeso fra pensieri sereni e rilassati quando all'improvviso ho sentito bussare alla porta.

Sono rimasto sorpreso, da giorni non passa praticamente nessuno, forse erano gli addetti del comune che consegnavano mascherine a domicilio, anche se mi pareva strano data l'ora tarda.

Ho aperto ed era lì davanti, senza mascherina e un po' sornione e mi ha detto:

"Ciao, sono Dio, fammi entrare in casa, hai voglia di prepararmi un the allo zenzero? Dicono che sia speciale..."

Così ho fatto, ho messo a scaldare il pentolino con l'acqua e preparato 2 tazze.

Aspettando l'ebollizione abbiamo parlato di cose varie, inevitabili i commenti sulla quarantena planetaria in corso anche se, a dire il vero, davanti alle mie considerazioni in merito annuiva annoiato.

1

Con il the pronto, fumante e profumato nelle tazze, mi è entrato negli occhi e mi ha detto:

"Ora basta puttanate, sono venuto per rispondere ad una tua domanda che mi avevi fatto 38 anni fa quando mi hai chiesto perché me ne stavo nascosto…"

Ho pensato subito che è proprio vero che Dio si ricorda tutto, lui ha spezzato questo mio pensiero infantile continuando con dolce decisione:

"Se sono nascosto è solo perché hai scelto di credere in ciò che ti hanno raccontato invece di giocare con me direttamente. Questa è la tua indipendenza all'opera, quella che tu chiami libero arbitrio."

IL LIBERO ARBITRIO O INDIPENDENZA

È stato strano ma a sentirlo parlare di libero arbitrio mi sono … come dire … irritato, a volte pensavo che il libero arbitrio fosse la maledizione di ogni cosa cattiva, fuorviante e terribilmente sbagliata nell'universo e così non mi sono trattenuto e gli ho ribattuto con un'altra domanda:

- Così il libero arbitrio, o indipendenza come vuoi chiamarlo, è la ragione per cui permetti che confusione e mezze verità affliggano gli uomini? -

Ha risposto prima che finissi con una grande tenerezza:

"Come forza che ti ha creato, non sono la forza che ti controlla. Se lo facessi non avrei alcuna creazione. Come tua forza creatrice sono compiaciuto solo quando tu scegli me senza condizioni, formule, intercessioni o intermediari. Mi devi esplorare per conto tuo, da solo, nonostante tutto. Questo è il mio semplice credo. Non ne ho altri".

Ha terminato il the in silenzio e si è alzato dirigendosi verso la porta. Ci siamo abbracciati a lungo e prima di mollarmi mi ha sussurrato: "Adesso basta con le domande, è il tempo di far funzionare il network della responsabilità personale." E si è incamminato tranquillo, girando a sinistra.

Qualche minuto dopo, quando mi sono coricato per entrare nel dolce sonno quantico, mi giravano 3 pensieri birbanti:

1) l'erbetta è davvero ottima!!

2) l'indipendenza, questa cazzo di indipendenza

3) meglio sempre avere del the allo zenzero in casa che non si sa mai...

Mancavano pochi minuti a mezzanotte, ho sentito bussare delicatamente, sono andato ad aprire tranquillo ed era lì, senza mascherina e luminosa nel riflesso della luna piena.

"Ciao – mi ha salutato semplicemente - sono E.T., prendiamo un the allo zenzero insieme? Corre voce che tu lo fai speciale".

Con grande gioia l'ho fatta accomodare e messo il pentolino a bollire, con la solita puntina di radice nell'acqua.

Pochi convenevoli e una chiacchierata telepatica quieta ed eccitata allo stesso tempo, non le ho fatto troppe domande tecniche perché ero affascinato dal suo modo di guardarmi dentro.

Quando ho versato l'acqua bollente nelle tazze le ho chiesto se voleva qualche dolcetto, li ho anche senza glutine, ma lei ha scosso gli occhi, impaziente di dirmi quello che era venuta a dirmi:

"Dalle nostre navi sentiamo tanti fra di voi che ci chiedono di intervenire per risolvere questa storia della pandemia, li sentiamo spaventati e speranzosi di un nostro intervento sanificatore ma..."

Si è fermata per sorseggiare il the, come se si aspettasse che dicessi qualcosa ma sono rimasto zitto, ero come incantato e lei ha proseguito:

"Vedi, questo gioco della vita sulla terra è un'esperienza umana, libera e indipendente, non possiamo intervenire per una legge cosmica di non interferenza, vi stiamo osservando e siamo veramente colpiti dalla vostra reazione, state facendo un ottimo lavoro, sono venuta solo per incoraggiarvi e farvi sapere che non siete soli anche se dovete sbrigarvela da soli".

Vedendo nel mio cuore un pizzico di delusione ha così terminato: "Ci faremo vedere e ci abbracceremo presto, però adesso devi far sapere a tutti che in questo preciso istante di spazio-tempo sul pianeta terra NON AVETE BISOGNO DI EXTRA TERRESTRI MA DI TERRESTRI EXTRA".

Si è poi alzata, bella come il sole centrale, dirigendosi verso la porta e prima di uscire mi è entrata dentro sorridendo:

"Sento che vorresti chiedermi come facciamo l'amore... (cavolo, ho pensato, questa mi legge anche i pensieri erotici) ma se te lo dicessi non capiresti, considera solo che voi terrestri godete con i 5 sensi, noi con più di 200.000...senza trasformatore attivato la tua biologia si scioglierebbe nell'aria".

Ci siamo salutati bene, lei mi ha fatto capire che potevo comunque baciarla e così ho fatto. Si è dileguata nel riflesso della luna piena.

Prima di concedermi al sonno ristoratore ho rivissuto mentalmente quello che era successo e l'unico pensiero che mi circolava addosso era questa cosa dei 200.000 sensi e che razza di orgasmo potessero generare. Mi sono addormentato felice.

E.T., una gnocca spaziale...

Una delle mie serate in quarantena, molto tardi, stavo ascoltando cantautori new folk australiani in cuffia, quando ho sentito una voce chiamarmi forte nel silenzio lungo della notte, ho aperto la finestra e l'ho visto. Si è giustificato dicendomi che aveva bussato più volte, il campanello non funziona.

Sono andato ad aprirgli e anche lui era senza mascherina, si è presentato così: "Ciao, si dice in giro che fai un the allo zenzero speciale, posso entrare? Mi chiamo Tànin e sono uno specialista dei trapassi".

L'ho fatto accomodare, preparato 2 tazze e il pentolino sul fornello (il mio segreto è che ci metto una puntina di radice nell'acqua).

Aspettando l'ebollizione mi ha spiegato un po' il suo incarico quantico, specialista in trapassi: "Quando un essere umano muore e lascia la sua tuta biologica viene da noi per una sistemata dell'impianto funzionale, una disintossicazione energetica dell'anima prima di riprendere il suo viaggio nel cosmo". Cazzo, ho pensato, il discorso è interessante.

Ho versato l'acqua bollente nelle tazze, sorseggiandolo ancora bollente ha fatto una espressione sorpresa come se non se lo aspettasse così piccante. Lì gli sono entrato dentro per chiedergli perché avesse bussato alla mia porta, mi ha risposto:

"Beh, - sorrise – nella nostra beauty farm quantica come te la sei immaginata (bisogna stare attenti a pensare bene con questa gente perché è naturalmente telepatica) corre voce che sei ospitale e gentile e che con te si può discorrere di robe quantiche senza perdere tempo e poi leggiamo curiosi e divertiti quello che scrivi su Facebook in questi giorni così incredibili per voi terrestri, così sono venuto a trovarti".

Ho dissimulato il mio compiacimento e ho fatto un commento forse inopportuno sulla quarantena planetaria chiedendogli se avessero anche loro lavori straordinari in questo periodo ma mi ha risposto secco: "Non più del solito". Con lo sguardo pentito gli ho fatto capire che non l'avrei più interrotto.

PSICOFARMACI E REALTA' VIRTUALE

E Tànin ha iniziato a parlarmi preciso: "Dunque, io e altri colleghi, diciamo così, siamo specialisti di impianti funzionali particolarmente danneggiati soprattutto per l'abuso cronico di psicofarmaci, è un lavoraccio veramente complicato eliminare queste scorie quindi dovresti scrivere sulla tua bacheca che GLI PSICOFARMACI FANNO MALE ANCHE DOPO MORTI.

È difficile da spiegare con parole logiche – ha continuato - ma è un lavoro arduo per noi gestire gli esseri che muoiono mentre assumevano antidepressivi. Sono storditi. Quando arrivano sono come piccole palline grigie. Sono così privi di consapevolezza. Cercare di lavorare con loro quando non c'è alcuna vitalità, quando non c'è passione ci risulta più difficile che lavorare con un caso di suicidio".

Ho annuito serio a questo suo sfogo liberatorio; Tànin, finito di sorseggiare il the zenzerato, si è alzato per uscire. Sulla porta mi ha detto un'altra cosa strana che vi riporto fedelmente (l'ho registrata):

"Pensa te, ultimamente un altro grande problema che abbiamo è che ci sono tanti, troppi umani, che si perdono nella realtà virtuale, ripulirli da queste scorie mentali è complicato, una situazione questa che ci sta dando tanto e troppo lavoro, quasi più della chimica infiltrata. La cosa strana è che a volte i loro corpi non muoiono e poi tornano qui, intendo dire che hanno un corpo da robot con il pilota automatico e anche la loro biologia ha il pilota automatico, ma lì dentro non è rimasto nulla. Sono morti nella realtà virtuale. Noi dobbiamo (sospiro) aiutarli a tornare alla loro presenza quantica con uno sforzo energetico maggiore, sfibrante"

Ci siamo abbracciati in silenzio e a lungo e si è allontanato dove di preciso non lo so perché avevo già chiuso la porta.

Mi sono acceso una sigaretta, l'ultima della giornata prima del sonno ristoratore, e mi sono passati 3 pensieri inquieti:

1) Se lo racconto nessuno ci crederà…

2) Quanta merda chimica in testa e nell'anima di tanta gente, porca troia

3) Sono nato nel 1965, immune dal virus virtuale

Una delle sere di quarantena, mentre stavo per mettermi a letto ho sentito bussare piano alla porta, sono andato ad aprire leggermente infastidito e l'ho subito riconosciuto dalle orecchie a punta, mi ha squadrato serio e mi ha chiesto di poter entrare: "Sono il dottor Spock, sei tu quello del the allo zenzero speciale? Potresti offrirmene una tazza per favore?"

Ovviamente l'ho fatto entrare e preparando l'occorrente ho sperato che non mi chiedesse niente riguardo alle sue guerre stellari e le altre menate, non sono mai stato un appassionato di quelle storie ma, come se mi avesse letto nel pensiero mi ha detto: "Stai sereno, sono venuto solo per dirti una cosa riguardante la vostra medicina primitiva ma soprattutto per scoprire se il tuo the allo zenzero tanto decantato da dio e da E.T. fosse così straordinario come continuano a raccontare".

Mi sono tranquillizzato e gli ho detto che ero pronto ad ascoltare ciò che aveva da dirmi, Spock ha iniziato a parlare ed io, anche se assonnato, l'ho ascoltato con attenzione.

IL FUTURO DELLA MEDICINA È LA FISICA NON LA CHIMICA

"In questi giorni sto vedendo cose strane riguardo ai vostri metodi di cura soprattutto riguardo a quello che voi chiamate Virus, siete ancora bloccati sulla chimica quando il futuro della vostra medicina è la fisica. Vi stiamo guardando e anche se capiamo bene la vostra posizione attuale nello spazio-tempo siamo stupiti che voi facciate ancora intrugli chimici che fanno più danno che bene, quelle che voi chiamate contro indicazioni sono così... 'stupide', ma la cosa che ci indigna di più è che voi facciate affari con la chimica della salute, è una cosa assurda che non ha logica né cuore, sarà fuorilegge fra poco".

Approfittando di un momento di sospensione mentre sorseggiava soddisfatto la mia calda miscela zenzerata ho obiettato: "Beh, caro Spock, capisco il tuo disappunto ma è come se noi criticassimo il salasso dal barbiere dei medici di cento anni fa, per loro era normale anche se adesso ci sembrano stregoni crudeli, era l'unica soluzione che conoscevano, non esistevano ancora microscopi in grado di vedere più in fondo nella nostra struttura cellulare"

Spock mi è sembrato infastidito dalla mia obiezione ma ha continuato con la sua calma serafica:

"Quello che dici avrebbe senso se la vostra tecnologia fosse obsoleta ma già adesso avete ricerche ufficiali che possono cambiare in meglio il vostro modo di curare ma alcuni le tengono nascoste perché vogliono solo guadagnare con la chimica, se non mi interrompi ancora potrei dirti che proprio ora sul pianeta sono in corso esperimenti ai quali non crederesti, si stanno facendo scoperte per guarire alcune tra le malattie più strazianti che avete come l'alzheimer, ci sono milioni di persone che lo contraggono, il materiale simile a placche offusca letteralmente la memoria e si attacca a certe parti del cervello, le incrosta, le restringe e le imprigiona, ebbene l'alzheimer può essere curato con la fisica, la sostanza simile a placche che imprigiona quelle parti del cervello relative ai ricordi può essere mandata in frantumi mediante il suono! Con suoni ad alta frequenza, sintonizzati su certe frequenze in certi modi, quegli strati letteralmente si dissolvono e vengono via. Avete ancora un bel po' di ricerca da fare, ma vi state accorgendo che la fisica da sola, senza chimica e senza alcun effetto collaterale di qualunque tipo, può impedire che il morbo si instauri e curare quanti ne soffrono. Sta arrivando! Sta arrivando! Avverrà presto con la nuova energia che state scaricando."

Spock si stava proprio accalorando nel suo discorso ma comprendendo il mio stupore ha voluto rassicurarmi: "Volevo solo dirti che le vostre predizioni più raffinate ed eleganti non hanno alcuna idea di ciò che sta arrivando, state raggiungendo un limite della chimica per la vostra medicina, fra pochissimo comincerete a comprendere e sviluppare la fisica, strumenti della fisica che letteralmente parleranno alla vostra struttura cellulare e le daranno istruzioni senza una sola sostanza chimica! Amico mio, scrivilo sul tuo stupido social network: il futuro della medicina è la fisica non la chimica e urla che non si possono sviluppare guadagni sulla salute dei cittadini planetari."

Finita la sua bevanda calda il dottor Spock mi ha ringraziato cortese e sull'uscio mi ha voluto fare un regalo, una specie di fischietto silenzioso (ad ultrasuoni?) dicendomi solo che mi sarebbe potuto servire presto, senza aggiungere altro.

Prima di lasciarlo andare però gli ho detto con uno sguardo impertinente: "Caro Spock, è consuetudine che chi viene a bere il mio the allo zenzero alla fine si faccia abbracciare". Così ho fatto, lui anche se restio si è fatto abbracciare e se n'è andato verso destra, anche se la via è a senso unico tanto non passa nessuno, l'ho sentito borbottare "un strucon, te dao un strucon, un strucon"

Aprendo il frigo per l'ultimo sorso frizzante prima di dormire ho pensato a voce alta: "Altro che erbetta buona, è la radice, è la radice..."

L'ho avvolta nel suo panno e l'ho sistemata al sicuro, che se dovesse passare qualcun altro....

Mi sono addormentato serenamente con il mio fischietto silenzioso sul comodino.

Una sera alle 23:23 hanno bussato alla mia porta, sono andato ad aprire immaginando già che fosse un ospite venuto a scroccare il mio the allo zenzero, l'ho riconosciuto subito dalla pancia straripante che gli tirava la camicia.

"Ciao, - mi ha detto sorridente – sono Buddha, il the allo zenzero è pronto?"

Senza tanti convenevoli si è accomodato e mi sono accorto subito che aveva una gran voglia di parlare, mentre gli preparavo una scodella davanti mi ha detto che voleva raccontarmi dei maestri, lì per lì non ho afferrato, ma lui, con molta scioltezza ha iniziato la sua tirata:

"Voi umani pensate che un maestro Illuminato debba avere una grande pazienza. No davvero! Prendi per esempio Gesù, lo considerate come un modello di bontà, ma non era un santo come credete voi, lui fornicava, beveva, si ubriacava e vomitava. Sì! Lo ha fatto davvero! E raccontava storielle sporche... pure, divertenti! Voi vi portate dietro un modello errato ma lui è stato il primo a dire di non essere un guaritore, ma sapeva come portar fuori la guarigione che è dentro di voi. Era concentrato come un laser e non era necessariamente gentile. Se un mendicante o una persona malata andavano da lui, non diceva: "Oh poverino" ma piuttosto: "Ti vuoi guarire o no?!" E li guardava diritto negli occhi e quando cominciavano a fare moine e bla bla bla, focalizzava il laser fin quando non lo sentivano dentro di loro. Poi diceva: "Quando ti rincontro è

13

meglio che sia guarito o morto!" Molte persone avevano paura di lui, era un ribelle, un rivoluzionario ed era intollerante, soprattutto non sopportava la stupidità, le domande stupide che in tanti continuavano a fargli. Un essere amoroso si, totalmente compassionevole anche, ma assolutamente impaziente. Questo non è il grazioso ritratto che avete di lui ma è questo a cui molti aspirano ad essere. Che direbbe Gesù? – beh, Gesù avrebbe detto: "Adesso togli il culo dalla mia strada!"

Ammetto che sono rimasto stupito dalla sua comunicazione diretta e con un cenno della testa gli ho fatto capire che poteva continuare.

"E ti voglio dire anche di me, ero nevrotico e fobico, avevo tante manie, ero spaventato a morte da certi insetti, dovevo lavarmi continuamente le mani e i piedi. Ero molto egoista, nel peggior senso della parola, rubavo energia a tutti. Ero quello che voi chiamate personalità multipla, scivolando avanti e indietro, come fanno molte persone nevrotiche – un minuto ero un sant'uomo, il minuto dopo un cretino totale. E mi offendeva vedere qualcuno che indossava certi vestiti o che emanava certi odori dal corpo. Era molto difficile stare insieme a me. Avevo un'ossessione verso l'illuminazione, e per poterla raggiungere sono quasi morto, ma in realtà morivo di fame perché ero fobico su molti cibi. Alla fine mi rilassai e smisi di cercare me stesso e fu allora che cominciai a mangiare, ripresi peso e finalmente ebbi l'illuminazione che avevo sempre voluto, mi fusi con me stesso. Quando entrate nei sacri templi a me dedicati voi vedete un Buddha pieno di pace, ma non lo ero."

Pensavo avesse finito il suo sfogo ma continuò:

"E quello che voi ricordate come San Giovanni Battista? Quello che battezzò Gesù? Mamma mia, lui era un pazzo scatenato, un grande lunatico, un minuto gridava e urlava per scacciare i demoni dalle persone tenendogli la testa sott'acqua fino quasi ad annegarle, un minuto dopo diventava molto pio, riverente, inginocchiato e chiedeva perdono a Dio. Era un pazzo! I suoi capelli erano un disastro, la sua barba sporca di cibo, da anni e non si lavava, io e lui non avremmo mai potuto stare insieme".

Ho osservato che gli piaceva parlare, come se non lo facesse da tempo, mi accorsi anche che non aveva ancora assaggiato la bevanda fumante e gli chiesi con garbo:

"Scusa, caro Buddha, il the si raffredda, ma perché sei venuto a dirmi queste cose? Non capisco..."

Lui finalmente immerse le labbra nella scodella rispondendomi serafico:

"È perché vedo che avete questa fissazione sui maestri come esseri perfetti, ma cosa li ha portati ad essere tali? Te lo dico io: l'accettazione, il lasciare andare! Tutti quelli che voi chiamate maestri hanno lasciato perdere quel bisogno di cercare di definire sé stessi, di trovare sé stessi, di conoscersi, di migliorare e perfezionarsi. Io stesso sono arrivato a un punto di esaurimento in cui mi sono detto: "Questa ricerca, questa disperata ricerca, mi esaurisce. Lascio perdere. Al diavolo questo percorso spirituale, al diavolo tutto! Ho chiuso, Ho chiuso!" Ecco, in quel momento di accettazione mi sono realmente incontrato e mi sono fatto una bella risata. E così non ebbe più importanza se non eravamo perfetti, perché non lo saremmo stati mai, quello che importava era che lo accettassimo, che amassimo noi stessi, stranezze comprese. Hai capito cosa voglio dirti? Un cattivo conto in banca, piccoli stupidi tic o cose strane che fate, il vostro cattivo carattere, l'impazienza, la mancanza di una vera comprensione dell'essere spirituale che siete... superate tutto questo, entrate in un luogo di accettazione. Potreste dire che è una resa, ma è una resa soltanto a voi stessi."

Ho annuito poco convinto al suo discorso, nel frattempo si è alzato, sistemato la camicia dentro le braghe e si è diretto verso la porta, prima di uscire ha concluso:

"In realtà volevo solo darti un consiglio anche se non me lo hai chiesto. Vedi, i maestri spirituali abbondano sulla scena umana, alcuni sono eccellenti insegnanti ma pochi, pochissimi, insegnano come passare dalla realtà dominante della mente-umana a quella dell'anima-umana. Non fidarti dei proclami di nessuno, piuttosto esamina in profondità i frutti del supposto maestro e valuta come ti rafforzi ad essere te stesso, il tuo maestro auto-sufficiente. Se riesci a scoprirlo, allora hai trovato un maestro degno del tuo tempo e della tua energia, altrimenti mandali amorevolmente a dar via il culo."

L'ho ringraziato con un sorriso e con un abbraccio lungo, sembrava non volesse staccarsi, se n'è andato poi in un istante, come rapito da una energia misteriosa che lo aspettava fuori dall'uscio.

Mi sono coricato tranquillo lasciando scodelle e radice sul tavolo, non sono riuscito a mettere in ordine nemmeno i pensieri, mi roteava in testa questa visita ...come dire...logorroica, e poi le parolacce, ma chi l'avrebbe detto ...mi sono dato la spiegazione che fosse davvero tanto tempo che non parlava con qualche umano, o forse, era proprio fatto così, un gran chiacchierone, comunque un panzone simpatico e senza peli sulla lingua…

Appena addormentato mi sono sognato la barba sporca di cibo di San Giovanni Battista, non proprio un sogno piacevole, ma tant'è, i maestri non sono proprio come ce li hanno descritti preti, monaci e catechisti.

Una sera, qualche minuto prima della mezzanotte, l'ho sentito
arrivare dalla via a senso unico e deserta, ho aperto la porta
prima ancora che bussasse e sono rimasto felicemente sorpreso
quando l'ho visto e riconosciuto pure se si era tagliato i lunghi
dreadlocks, il suo sorriso aperto inconfondibile, l'ho salutato
per primo: "Ciao Bob, entra pure, scaldo l'acqua…".

Lui si è accomodato sul divano, aveva una espressione serena,
sorrideva aspettandosi mie domande che infatti lo hanno subito
assalito: "Si fuma anche su? Ma Redemption Song è stata
davvero l'ultima canzone che hai scritto?", domande di un dj
quantico più che di un ospite gentile. Mi sono accorto di essere
stato forse inopportuno ma Bob mi ha accolto dentro i suoi
denti sorridenti e mi ha detto: "Amico mio, quello a cui ti
rivolgi è quello che sono stato nell'ultima mia venuta sul
pianeta, è complicato da spiegarti ma il Bob a cui pensi, quello
che ha incitato il pubblico ad emanciparsi dalla schiavitù
mentale, è come se fosse un mio lontano cugino, comunque
grazie per la tua stima e la tua ammirazione, a proposito, grazie
anche per il tuo incrocio quantico numero 7 (vedi libro
INCROCI QUANTICI), mi è piaciuto che hai citato il mio
amico Vincent…..". Nessuna risposta sull'erba buona.

Nel frattempo, il the allo zenzero era pronto e gliel'ho servito
comodo, con un piattino sotto la tazza, così non si sarebbe
scottato le dita. Dopo il primo sorso e la sua espressione

compiaciuta ha iniziato a parlarmi spiegandomi il motivo della sua visita:

"Parto un po' da lontano, vediamo se riesci a capirmi, dunque: nessuno di voi nasce per caso, è come se un fascio di atomi stellari avesse scoccato una freccia, una piccola stella cometa come un'indicazione stradale, ma che ha colto precisamente il bersaglio prescelto: siete qui, ora, perché è qui e ora che dovevate essere. Avete tirato la vostra freccia-cometa mirando bene perché centrasse quel piccolo corpo in procinto di nascere, fra miliardi, e poi respirare, faticosamente, l'ossigeno dell'atmosfera di questo pianeta che gira lento, più lento degli altri."

Io ascoltavo attento, pendendo dalle sue labbra.

"Allora, lo dico a te come a tutti gli altri pazzi che leggono i tuoi post sul social primitivo su cui scrivi: nella vita vi dovete fare una sola domanda, l'unica importante:

- Qual è lo scopo di quest'ultima missione? Perché sono qui? -

Dovete chiedervelo incessantemente. Invece di vagare per il pianeta con la faccia di scimmie con la mascherina in gita a Venezia, farvi questa domanda dovrebbe essere il vostro principale dovere e piacere. Che la risposta ve la dimenticaste qualche mese dopo la nascita è ovvio: la vita è un film della durata media di un'ottantina d'anni, con un'alternanza di scene di tutti i generi: avventurose, epiche, drammatiche, comiche, sentimentali e fantasy. Chi mai resterebbe chiuso nel cinema Terra per tutta la sua vita se già conoscesse la trama e il finale?

Se ne tornerebbe di corsa, sbadigliando, fra le stelle. Domandatevi sempre perché siete qui, tutto il resto è cinema."

Il suo tono era deciso ma calmo e lo incalzai con una domanda banale: "Dunque, se ho capito bene la vita è un film che finisce quando moriamo?"

Posando la tazza mi ha risposto tranquillo: "Non proprio. Il finale non può essere la morte, scontata, prevedibilissima, mentre la vita quasi mai lo è, per nessuno. Quale grande regista sarebbe così coglione da far morire, dopo aver offerto un così immenso spettacolo, tutti i suoi personaggi? Si tratta di un nuovo inizio, un rito che si succede in tutti i tempi, semplice ma inevitabile. Nel preciso momento in cui il vostro film "attuale" finisce, la vostra essità stellare scocca un'altra freccia, più levigata della precedente e più precisa. Colpisce il futuro più adatto, il corpo che vi occorre, il luogo per sperimentare le nuove esperienze che dovete farvi. Motore! Partito! Ciak! Azione! Rinati."

Sembrava avesse concluso ma dopo un istante ha voluto precisare: "In realtà la vita non è un unico film ma una serie televisiva stellare della quale siete tutti registi e protagonisti sulla Terra, per molte e molte stagioni."

Da quando Bob era entrato in casa il tempo si era come fermato, pareva fosse lì da sempre, comodo e rilassato sul mio divano. Siamo rimasti in silenzio per un periodo indefinito e poi lui si è alzato dirigendosi alla porta, ci siamo abbracciati come vecchi amici e mi ha lasciato con queste ultime parole:

"Ricordati la domanda Leonardo - Perché sei qui, ora? E voi che leggete – Perché siete qui ora? Qual è la vostra missione? Ahhh – si è fermato teatralmente battendosi la fronte col palmo della mano destra grande e aperto, sogghignando gentile come se facesse finta di essersi dimenticato qualcosa – l'erba buona è un regalo del cielo, nessuna contro indicazione, nessuna, ma fanne un uso saggio"

Mi ha strizzato l'occhio complice e quando si stava per allontanare si è voltato dicendomi ancora: "La domanda, la domanda….

Quando alla fine risponderete esattamente, l'arco e la freccia si dissolveranno, come lo schermo. Si cambia! L'universo superiore è pieno, abbondante di cinema e di spettacoli molto più sfavillanti della Terra. Buon eterno divertimento, Leonardo"!

Me ne sono andato a dormire dopo avere fumato l'ultima paglia, non ho fatto nessun pensiero, rimandato a dopo che il sonno avesse fatto il suo lavoro quantico di back up e download. Tanto ho registrato tutto.

Bob, o il suo lontano cugino eterico, mi ha solo lasciato una domanda che condivido ancora con voi:

Perché cazzo siamo qui proprio adesso? Qual è la nostra missione? Ed io aggiungo: protagonisti o comparse del film che stiamo vivendo?

Oramai succede come una cerimonia tranquilla sempre in tarda serata, i passi attutiti fuori dalla porta, un leggero bussare e l'ospite venuto a scroccare il mio thé allo zenzero, a questo punto, un thé quantico senza dubbio. È capitato anche ieri sera. Ho aperto, aveva lo sguardo divertito e l'ho riconosciuto dal ghigno sapiente così l'ho invitato ad entrare:

"Entra pure Albert, mi casa es tu casa" - gli ho detto sorridendo, lui si è messo a proprio agio levandosi la giacca buttandola noncurante sul divano. Si è accomodato sornione al tavolo, i gomiti appoggiati sopra ed ho messo a bollire l'acqua con la radice dentro pensando che fosse venuto a fare prediche professorali sulla fisica quantica o argomenti del genere ma mi ha spiazzato:

"Niente di quello che stai pensando Leonardo, sono venuto a parlarti di un grande inganno di fondo che condiziona l'umanità in ogni dimensione della vita: la vostra realtà tridimensionale e coscienza umana sono state programmate a essere percepite come reali quando invece non lo sono. Questa è un'affermazione molto audace e non te la faccio con leggerezza, è comprensibilmente inquietante una realtà dove gli umani sono biologie che ospitano esseri infiniti, confinati da programmi ingannatori progettati da entità di una differente dimensione. L'umanità non è consapevole di vivere in una realtà progettata e che questa realtà preimpostata include

22

praticamente tutto. Questo è un argomento che sconvolge le persone molto più di quelli che riguardano gli UFO o le cospirazioni governative perché è qualcosa di decisamente sostanziale. Si tratta della vostra realtà: siete prigionieri di una realtà ingannatrice".

L'ho guardato sgranato come si guarda un vecchio pazzo che racconta visioni alcoliche e mi ha gentilmente rimbrottato così, ridendo:

"Se pensi che io sa un visionario che si è fottuto il cervello coi calcoli ti dirò che negli ultimi anni ci sono stati molti altri individui che hanno scritto e parlato di alcuni aspetti di questo inganno: nella comunità scientifica sono personaggi come Herman Verlinde, Robert Lanza, Leonard Susskind, Gerard t'Hooft e James Gates. Nel campo della tecnologia, l'ingegnere della NASA Thomas Campbell. Da un punto di vista più filosofico, autori come Nick Bostrom e Anthony Peake. Queste persone, e altri come loro, stanno ipotizzando che il vostro universo sia stato progettato matematicamente o attraverso codici informatici.

Voi credete che i vostri pensieri e le vostre emozioni siano voi, che questo spazio-tempo è dove i vostri pensieri e le vostre emozioni esistono ma i veli che hanno posto su di voi sono talmente densi che agite come uniformi umane inconsapevoli che tutto intorno a loro sia un'illusione. Te lo ripeto: niente di quello che percepisci come reale lo è, si tratta di una realtà programmata, tutto è solo suono organizzato olograficamente per apparire reale."

L'ho interrotto con questa domanda, come una provocazione ma non lo era, volevo solo capire:

La spiritualità allora, è anch'essa un inganno?

"Molti dei vostri mistici e fondatori di religioni hanno sostenuto che la vostra percezione dell'universo e l'universo stesso sono un'illusione, questo è da secoli un tema costante negli scritti religiosi e spirituali. Molti di coloro che sono venuti sulla Terra come maestri umani hanno tentato di rivelare quanto fosse profonda, vasta e imponente la costruzione di questa illusione che si estende dai confini più remoti dell'universo alla massima intimità del vostro DNA. Tutto quel che sta nel mezzo è illusione.

E se da una parte i mistici non avevano il vocabolario scientifico per definire la portata di questa illusione, tuttavia hanno compreso che voi, come individui, vivete in un mondo illusorio che gli scienziati adesso stanno sempre più descrivendo come una realtà programmata.

È comprensibile che chi ha una formazione scientifica o religiosa troverà difficile, se non impossibile, credere a questa cosa perché la scienza che sta dietro a questo, chiamiamolo, ologramma d'inganno non si basa sulla matematica o la fisica del vostro spazio-tempo. La sua complessità e sofisticatezza vanno ben al di là della vostra comprensione attuale, quindi il tentativo di definirlo in termini scientifici sarebbe un'impresa impossibile, per ora almeno...".

"Ma allora Dio...il paradiso...la resurrezione...la reincarnazione...lo spirito che vive dopo la morte?" lo incalzai.

Mi ha fatto aspettare la risposta il tempo di finire, sorseggiando soddisfatto il suo thé zenzerato:

"La reincarnazione è un sofisticato programma di riciclaggio, anche l'idea di Dio, paradiso, inferno, anima, maestri... tutte queste cose fanno parte del programma, sono integrate sia nella dimensione del piano terreno che della vita dopo la morte. Già, perché anche la vita dopo la morte fa parte dell'inganno".

Sono stato tentato di chiedergli altro su questa cosa che anche dopo morti si è ancora in una specie di prigione programmata ma ho notato dai suoi movimenti che si stava per alzare per andarsene e allora gli ho fatto la domanda che più mi stava a cuore:

Ma noi possiamo evadere da questa prigione "matematica"? Chi può farlo? Come farlo?

"Tutti possono uscire da questa illusione ma non c'è alcun maestro per questo, nessun Dio scenderà dal cielo e lo farà per voi, nessun ET. Nessuno. Può essere fatto solamente da ognuno di voi. Al momento nessuno l'ha mai fatto, sul vostro piano, sulla Terra intendo, nessuno mai. Tuttavia, rientra nel vostro prossimo futuro vivere questa coscienza fuori da questa programmazione d'inganno.

Comunque – e si è alzato rimettendo la sedia sotto al tavolo - per quanto la storia e la scacchiera della realtà che ho cercato di illustrarti possano apparire una sfida intellettuale, il vero scopo di questa mia comunicazione è di incitare te e tutti quelli che leggono ad una modificazione comportamentale. L'evasione da questa prigione non è centrata sulla conoscenza o le esperienze spirituali; si prepara invece solo con nuovi comportamenti che sostengano il continuo dispiegarsi del processo di riscoperta personale e spirituale nella specie umana sulla Terra, come riattivare una memoria sopita sotto gli algoritmi, il cui obiettivo finale è di liberarsi dalle illusioni, dai miraggi e distorsioni per vedere con occhio limpido la vostra profondità e farlo mentre vivete sulla Terra. Questo è il tempo del Nunti-Sunya, l'antico termine codificato per la Fine dell'Imprigionamento".

Ha chiuso il suo discorso facendomi un occhietto discolo, non ho capito se mi stava prendendo in giro o se invece fosse un ammiccamento complice come se m'avesse regalato una parola magica.

L'ho accompagnato all'uscio, si stava dimenticando la giacca, glie l'ho ridata comunque grato per questa sua visita, gli ho chiesto con gli occhi se potevo abbracciarlo, mi ha risposto con una stretta lunga durante più di mezzo minuto del mio spazio-tempo illusorio (non so del suo).

Mi ha salutato con un cenno della mano senza proferire altra parola e si è incamminato verso il ponte del Pestrino.

Ho imparato a non farmi troppe domande dopo questi thé condivisi e strani, ho iniziato a capire che non serve, quello che conta invece è la gentilezza, l'orecchio attento, la porta di casa sempre aperta e la scorta di zenzero abbondante. Quello bio, però.

Stranamente stavolta l'ospite quantico è arrivato nel tardo pomeriggio anziché la notte (probabilmente sapeva in anticipo che non sarei stato a casa), è arrivato camminando sotto la pioggia quieta ma quando è arrivato sull'uscio non era bagnato. Ho faticato non poco a riconoscerlo, vestito con jeans e camicia bianca fuori dai pantaloni, era senza barba, lontano dalla figura iconica che l'ha consacrato genio dei geni. Con un marcato accento fiorentino mi ha salutato così: "Ciao omonimo, sei Leonardo da Bovolone, nevvero? – ridendo leggero - lassù decantano il tuo thé allo zenzero così sono venuto anch'io a provarlo, ti dispiace?"

Sono rimasto colpito dalla confidenza subito scaturita, si è accomodato e senza perdere tempo ha iniziato la sua comunicazione: "Oltre al thé sono venuto per dirti un paio di cose, la prima breve, la seconda un po' più articolata trattandosi di un messaggio per questi tempi di caos. Dunque, innanzitutto volevo farti i complimenti perché ho letto alcuni dei tuoi post su Facebook, sai lassù abbiamo un gruppo di lettura quantico e stai superando te stesso, sei un distillato di comunicazione quantica, un vero artista".

Sono rimasto come paralizzato da un complimento così diretto che non mi aspettavo e versandogli il thé zenzerato oramai pronto l'ho invitato a proseguire: "Grazie davvero omonimo da

Vinci – ridendo anch'io leggero - ma dimmi, cosa c'è di tanto urgente da comunicare a noi umani incasinati?"

Posando la tazza sul tavolo mi ha fissato negli occhi, stavolta serio e pensieroso ed ha iniziato il suo discorso:

"Non pensare che questa storia della pandemia sia già finita, nei prossimi tempi ci saranno sabbie mobili e dubbi striscianti e molte persone avranno paura nel cercare di afferrarli. Vorrei ricordare a chi ti legge con la mente aperta la possibilità che egli sia qui in questo incrocio di spazio-tempo per dare amore indipendentemente dalle condizioni e dagli avvenimenti del mondo esterno. È importante che sappiate che potete collettivamente essere esempio di comunità che si fondano sull'amore in mezzo a individui che si fondano sulla paura, e alleggerire queste energie di paura, senso di colpa, odio, istinto di sopravvivenza, ignoranza e avidità che verranno emesse nei prossimi mesi e nei prossimi anni come doglie del parto di una nuova Terra".

Si è fermato come si aspettasse una mia obiezione ma l'ho invitato con lo sguardo a proseguire, lo seguivo attento, concentrato. Infatti ha continuato con un tono calmo ma potente:

"Capisco che sia molto facile cadere preda di queste energie basate sulla paura e voler proteggere voi stessi e i vostri cari, prepararsi a tempi tumultuosi strisciando, di fatto, in un bozzolo protettivo attendendo che il caos passi. Solo che i tempi, per quanto difficili possano diventare, saranno resi più facili per tutti se quelli di voi che sono venuti su questo pianeta in questo tempo si risveglieranno pienamente alla loro missione di ricevitori e trasmettitori delle frequenze d'amore nel vostro universo locale, ben sapendo che le mura del vostro piccolo universo si estendono alle più distanti e antiche mura dell'universo collettivo da dove originiamo tutti. Sono veramente la stessa cosa e ciò che inviate a uno, va al tutto. Circola nella comunità più grande e la stabilizza in ogni disordine. Riesci a comprendermi? Quindi, è vostra responsabilità padroneggiare questo tempo per essere coloro che costruiscono la pace dalla guerra, creano l'amore dal tumulto, cambiano le tenebre in luce e trasformano la disperazione in speranza. Se qualcuno di voi si domanda quale sia la sua missione o scopo, ricordate, è questa!"

Ho approfittato di una sua breve pausa respirante per chiedergli se aveva consigli sulle modalità di gestire questa calma responsabile, se ci fossero situazioni e azioni facilitanti per questa missione, mi ha risposto prima che io terminassi la domanda:

"Il modo in cui rivestite la vostra missione, in termini di lavoro o di passatempo, o di famiglia, o di relazioni interpersonali, ebbene tutto questo sono fatti vostri, totalmente personali, e nel senso ampio della realtà non è poi così importante. Ciò che importa è che esprimiate una vita centrata sull'amore nel vostro universo locale indipendentemente dalle circostanze esterne. Mettete questo al centro della vostra esistenza umana, sapendo che se lo fate diventate una forza stabilizzante, e questa – di tutte le forze che servono in questo tempo – è quella più vitale. Le 6 virtù del cuore di cui coraggiosamente continui a scrivere è un ottimo metodo, per come la vedo io, il più efficace."

Abbiamo lasciato qualche secondo di silenzio fra noi, io stavo pensando al mondo caotico di cui mi aveva appena parlato e gli ho fatto questa domanda arrivata dalla pancia:

"Sì, lo capisco omonimo da Vinci, almeno intellettualmente, ma farlo è un'altra cosa. Voglio dire, se c'è mancanza di cibo e scoppiassero dei disordini per la strada o se l'economia andasse a rotoli, come possiamo restare una forza stabile? Non sarebbe normale farsi prendere dal caos che ci tocca? Penso che sarebbe molto difficile rimanere nel cuore, o esprimere una vita centrata sull'amore in mezzo a questo genere di casini planetari"

Mi ha risposto con una dolcezza sorprendente:

"Molti degli eventi catastrofici che erano possibili componenti delle doglie del parto della Terra sono già stati mitigati. Ci sono abbastanza persone sul pianeta per stabilizzarlo. E questo, a proposito, è un importante motivo per quello che alcuni chiamerebbero sovrappopolazione. In realtà, sul pianeta serve una vasta popolazione umana per avere una forza stabilizzante, in termini energetici… per trasferire un più alto campo di ordine sul pianeta. E comunque si, la difficoltà di cui parli è vera, se ci sono delle rivolte per strada, o se il web fosse chiuso per alcuni giorni, o se il governo annunciasse all'improvviso che gli extra-terrestri esistono – questo tipo di eventi avrebbero profonde implicazioni sul vostro ordine sociale. Sarebbe come metterlo a soqquadro per un momento, e in questo stato di disordine sarebbe difficile pensare, agire ed esprimersi al di fuori delle reazioni sociali, specialmente con i media che soffiano sulle fiamme della paura e dell'apprensione. Ma è proprio questo che vi sarà chiesto di fare. Qualora sentiste che la vostra capacità di irraggiare la vita centrata sull'amore è messa a repentaglio o diminuisce, dovete solo chiamare la vostra essità quantica a ripristinarla, attingere alla riserva d'amore e di compassione che vi circonda sempre".

Dal tono in cui ha concluso il suo discorso ho capito che aveva finito e che non sarebbe stato educato prolungare la chiacchierata anche se avevo altre cose da chiedergli ma lui, leggendomi telepaticamente, mi ha seccato così:

"So che vorresti chiedermi come facciamo a presentarci quasi fisicamente a casa tua ma sarebbe un discorso tecnicamente complicato e non sarebbe di nessuna utilità, l'unica cosa che posso dirti è che queste chiacchierate quantiche devono per forza essere brevi perché altrimenti il campo magnetico del nucleo del pianeta ci tratterrebbe sulla vostra banda di frequenza e sarebbe complicato tornare su, porta pazienza ma devo concentrare la mia comunicazione, essere sintetico come la tua nuova arte".

Ci siamo abbracciati forte e si è avviato a sinistra, verso la chiesa del Porto, camminando sotto la pioggia senza bagnarsi. Prima di girare l'angolo si è voltato per un ultimo saluto e alzando la mano destra mi ha urlato silenziosamente: "Buono il tuo thé, artista…"

Ho chiuso la porta dietro di me profondamente colpito non tanto da quello che mi aveva detto ma dalla confidenza con cui mi aveva parlato e poi mi ha chiamato artista…un complimento dall'imperatore dei geni…meglio però non scriverlo questo ultimo pensiero, non sarebbe umile.

Oramai percepisco l'arrivo qualche secondo prima, ho imparato a sintonizzarmi bene, ed infatti appena passate le 23.23, mi sono affacciato fuori dalla porta e l'ho visto arrivare: aveva un'andatura teatrale, indossava solo una lunga tunica rosa e non l'ho riconosciuto anche se aveva un che di familiare.

Vedendomi mi ha fatto un sorriso gentile e la solita manfrina del the allo zenzero apprezzato fuori dallo spazio e dal tempo. Ha capito che cercavo di ricordare dove l'avessi visto e mi ha fatto questa rivelazione:

"Sono Ramses dodicesimo, l'ultimo faraone della mia dinastia, tu sei stato il mio secondo figlio e te ne sei andato da questo piano di esistenza molto presto, mi fa piacere ritrovarti".

Sono rimasto un po' perplesso da questa comunicazione inattesa ma non mi veniva di chiamarlo papà, è passato troppo tempo, la mia memoria quantica faceva fatica a ritrovare questo file incarnatorio e mi sono fidato delle sue parole. Fatte le presentazioni ha iniziato a sorseggiare il thé e si è messo a parlare, restando in piedi, girovagando sul mio piccolo tappeto, nel tono un'enfasi teatrale:

"Ti voglio presentare bene la scena: i protagonisti siete voi, ogni persona che ha pensieri ed emozioni e che condivide la realtà chiamata Terra e un corpo umano, siete tutti sullo stesso palcoscenico interpretando ruoli differenti, ma questa scena planetaria in qualche modo vi unifica.

Ora, nessuno di voi vede su questo palcoscenico un meraviglioso mondo di pace e armonia o di buona volontà verso tutti gli uomini, non è questa la realtà scenografica che vi circonda. E quindi vorrei riassumerti una prospettiva più ampia sulla spiritualità manipolata soprattutto in tempi complicati come questo quando in tanti cercano benevolmente risposte da chi parla dello spirito".

Si è fermato per vedere se avevo ben inteso la sua introduzione e gli ho detto: "Vai pure avanti Ram, ti ascolto", non ha fatto caso all'amichevole abbreviazione ed ha proseguito il suo monologo:

"La domanda che dovreste farvi è sul come avvicinarsi alla realtà che sostiene la verità più innata, quella quantica, e quindi come creare una scena e scrivere un testo che sostiene la vostra trasformazione in questa essità che di fatto è quel che voi siete? La religione vi ha forse mostrato la via? O lo ha fatto la spiritualità? E la scienza? E che dire del sistema d'istruzione? I governi?

Il punto è che nulla che sia attualmente in scena vi sta unendo in eguaglianza e unità. Se ti guardi intorno nel vostro mondo, vedrai che è progettato con una funzione ben precisa, e questa funzione è sentire la separazione. Può essere evidente come il colore della pelle, il diverso genere sessuale o la cultura, fino alle distinzioni più impercettibili tra religione e spiritualità, ma il progetto è frattale e pervade tutto in questo mondo, ironicamente la vostra unità è la separazione.

I leader di questo mondo, sia che vengano da una visione politica, economica, militare, religiosa o culturale, sanno come parlare il linguaggio di unità e unione, ma le loro azioni sono il risultato di programmi che spesso operano all'opposto. Qui non si tratta di pensieri e di parole. Qui si tratta di comportamenti e azioni. Queste persone a cui date la vostra fiducia sanno come dire una cosa e poi farne un'altra, sanno come fingere attenzione, ma le loro azioni si dimostrano vuote".

Dalle sue parole decise ho pensato che fossero un po' incazzati lassù (scordandomi della capacità telepatica di questi ospiti quantici) ma è stato un pensiero durato un attimo interrotto quando ha continuato:

"In realtà non siamo arrabbiati, questa non è un'accusa ma devi ammettere che nulla ha funzionato. Il fallimento della religione ha prodotto organizzazioni nichiliste e disilluse di sperimentazione occulta e oscura e le due traggono energia l'una dall'altra. Si tratta di sopravvivenza simbiotica. Ma quel che qui si perde è che nella realtà confusione e disaffezione si estendono a tutti i popoli del mondo offuscando la mente e il cuore di tutti. Ciò che è di questo mondo non funziona, e questo a causa della separazione. A me non interessa se si leggono le informazioni più esoteriche e spirituali del mondo, questo è separazione. Nel corso degli ultimi vent'anni da lassù abbiamo sbirciato gli scritti spirituali che fanno andare in estasi molte persone, che dicono "queste sono informazioni elevate" oppure "queste informazioni sono vere perché ben dettagliate; nessuno potrebbe conoscere così tanti dettagli se non fosse vero".

Versandogli altro thé bollente gli ho chiesto curioso e un po'
provocatorio:

"Ma scusa, e tutti i testi sacri che spiegano la via per elevare la
nostra spiritualità? La Bibbia, i messaggi canalizzati......"

Mi ha risposto cercando di nascondere il suo fastidio:

"La maggior parte delle informazioni esoteriche di questo
pianeta non furono scritte da esseri umani, ma tramite esseri
umani attraverso canalizzazione che parla di meravigliose
realtà spirituali, di come umani e alieni siano uno, di come è
strutturata la psicologia più profonda degli esseri umani, della
complessità dell'ambiente cosmologico in cui l'umanità è
inserita. Tutte bellissime informazioni se non fosse che NON
PARLANO DI COME VOI SIETE ASSOGGETTATI, O
PERCHE', O DA CHI. NESSUNA!

Se queste meravigliose fonti di informazione sapessero come
l'umanità sia assoggettata, non lo diffonderebbero? Non
sarebbe questo il punto fondamentale dell'informazione?
Perché nessuna letteratura esoterica lo ha mostrato? Te lo dico
io: perché quegli esseri o sono anch'essi nell'ologramma e non
ne se accorgono neppure loro, oppure partecipano all'inganno e
ne salvaguardano la scoperta da parte degli umani. Non sono
diversi da voi... da noi come esseri infiniti. Si sono smarriti in
questo ologramma d'Inganno quanto noi".

Per calmarlo un po' e per dare un senso alla sua comunicazione
gli ho chiesto se ci fosse comunque una speranza, mi ha
risposto più rilassato, sedendosi finalmente sulla sedia
finendola di girondolare come una antica trottola egizia.

"La speranza risiede in quello spazio vuoto di unità e unione che non si allinea a nulla di questo pianeta - nessuno lo possiede, lo controlla o lo amministra. Non esiste una mediazione o un mediatore, é completamente unico. Praticamente, non è mai stato visto o udito. Sta dall'altra parte del muro. Questa è la vostra speranza, per quanto aliena e strana possa sembrare.

A coloro che stanno leggendo questo tuo post di sintesi comunicativa e ne sono turbati... posso solo dire: bene! dovete esserlo. Si tratta di fare i conti con la realtà a livello cosmico, universale e individuale. Potete crogiolarvi nello splendore della spiritualità e dissetarvi con i maestri che vi sono stati dati, oppure potete approfondire la comprensione della realtà che abbiamo davanti ed ergervi impegnandovi a dedicarvi al servizio della verità vivendo la vostra vita esprimendo comportamenti amorevoli, insertivi. Dovete essere sovrani e integrali. Non si tratta di declamare alti concetti spirituali con pensieri e parole. Questo è un riflesso del sistema della coscienza, è da pappagalli e automi. Vivete l'amore nei vostri comportamenti e lasciate perdere la mente. Tacitatela. La mente è programmata a paragonare e analizzare e ciò alimenta la separazione io-tu...e questa separazione è voluta, perpetrata per farvi rimanere schiavi inconsapevoli".

Il tempo di sparecchiare il tavolo Ram era già sull'uscio e si era aperto la porta da solo, non mi ha abbracciato ma mi ha messo la mano destra sulla spalla e guardandomi fisso mi ha sussurrato: "Scusa figliolo se mi sono lasciato andare a questo sfogo ma ci tenevo tanto a suggerire a te e ai tuoi amici percorsi spirituali personali e non strutturati, stai facendo un buon lavoro, grazie per il thé, davvero squisito".

Se n'è andato così com'è arrivato, camminando in maniera molto teatrale, lenta e regale.

La solita ultima paglia della giornata l'ho aspirata cercando di ripescare quantiche memorie egiziane quando all'improvviso...

Erano le 17 quando l'ho sentito arrivare accompagnato come dal suono di una banda lontana, era quasi davanti la porta e quando mi ha visto mi ha fatto un sorriso spettacolare. Io sono rimasto senza parole dall'emozione fortissima non tanto per la bellissima identità dell'ospite quantico venuto a bere il mio rinomato the allo zenzero ma perché l'avevo proprio chiamato, l'avevo desiderato con tutto il cuore. Bello, decisamente interessante bere il the con Dio, con ET, con Bob Marley, Einstein, Leonardo da Vinci, Ramses XII e gli altri ma poterlo incontrare di nuovo era davvero il mio sogno personale, e ieri si è avverato.

L'ho fatto accomodare, si è accorto della mia emozione e mi rincuorato così:

"Caro il mio Leonardo Quantico, so bene quanto ci tenevi ad ospitarmi ad Hostaria 4 anni fa ma mi hanno chiamato da su per una urgenza e ho dovuto darti buca ma anche in questa biologia meno densa rimango un uomo di spettacolo di parola per cui eccomi qui, così possiamo chiacchierare un po' e stare insieme senza pensieri".

(la storia dell'invito a Hostaria magari la racconterò in altri libri, una bella storia comunque)

Ci siamo messi a parlare un sacco, il the zenzerato bollente in un super bricco sul tavolo, chiacchiere personali, divertenti, profonde e curiose quando ad un certo punto mi ha fermato e mi ha detto: "È bello chiacchierare con te ma sono venuto come gli altri per darti una comunicazione quantica importante, volevo parlarti delle verità".

Ho capito che il momento si faceva solenne e mi sono messo comodo ad ascoltarlo, come se fossi l'unico spettatore di una recita eccellente. Il suo monologo l'ha introdotto così:

"Tutti vogliono conoscere la verità assoluta, vogliono qualcuno che indichi la frase, il precetto o la dottrina e dica che quella è la verità. Questo è stato il gioco su questo pianeta fin da quando gli umani hanno cominciato a osservare l'universo filosoficamente. Ma, e vengo al punto, tutte le verità che avete dove vi hanno portato? A uccidere dei bambini per punire i capi? Dove i capi rinchiudono la gente in campi di sterminio? Dove i capi religiosi abusano dei bambini? Quindi, ti chiedo: qual è il valore di informazioni che nel loro insieme hanno portato l'umanità a questo punto?"

Mi è sembrato un discorso già sentito ma non glie l'ho fatto notare, sentire parlare di verità assolute ed esistenziali mi ha sempre lasciato perplesso e, leggendomi dentro il cuore mi ha risposto:

"So che ti infastidisce scovare etichette di verità ma in tanti la cercano, spesso in modo ossessivo e malato ma questa verità assoluta nessuno può darla perché che nessuno ce l'ha. Ognuno ha un piccolissimo dettaglio di verità e per riuscire solo…non dico a comprenderla ma quantomeno a percepirla questa verità, dovresti metterli tutti insieme questi dettagli, un puzzle con quasi 8 miliardi di tessere, una per ogni essere umano vivente sul pianeta adesso e ognuna indispensabile per l'intero.

Tutti voi siete delle sovranità e dovete sperimentare da voi stessi in quanto tali, e non lasciare che altri decidano ciò che dovete o non dovete credere, o ciò che è vero o falso. Vorrei non vedervi prigionieri di un ologramma d'Inganno ma questa è la vostra realtà umana e piagnucolarci sopra non cambierà una virgola questa situazione. E neppure studiare i presunti maestri di verità."

Il suo tono era dolce e deciso, non era per niente una recita, era un appassionante flusso di parole alle quali mi attaccavo con identica passione, lui si è fermato per bere un altro sorso di the caldo ed ha proseguito grato della mia concentrazione:

"Potrei mostrarti un'intera biblioteca di libri che espongono informazioni esoteriche. Alcuni di questi libri furono scritti come saggi e sotto ogni apparenza sembrano credibili e profondi. Eppure, se ci fai caso e stai attento alle parole, ti accorgerai come separano le persone; come descrivono una gerarchia; come descrivono un'anima in continuo apprendimento, un umano sempre peccatore e debole; come descrivono un universo composto di infiniti livelli; come la luce illumina coloro che seguono determinate pratiche. Possono essere molto sottili. Possono parlare di unità, ma nelle loro parole c'è giudizio o recriminazione se non si eseguono le pratiche nel modo corretto, oppure suggeriscono di non mescolare tali pratiche con qualcos'altro altrimenti perderanno valore, o di unirsi o promuovere un certo sentiero rispetto a un altro. Puttanate, mmhhh, scusami...stupidaggini! Se c'è separazione in qualunque modo sono informazioni mentali, distrazioni dall'unico impegno che hai su questo pianeta, riconoscere chi sei".

Per farlo rifiatare gli ho fatto una domanda chiedendogli allora un consiglio su cosa fare se qualcuno vuole continuare a cercare questa verità esistenziale, mi ha risposto con un amore così forte da farmi venire la pelle di gallina, le sue parole mi arrivavano come carezze:

"Devi solo praticare il tuo discernimento su ciò che ti permette di credere in te stesso, non all'universo o a qualche maestro o insegnante, ma a te stesso, completamente spogliato di tutti gli orpelli, le credenze, gli schemi mentali, le paure, i sensi di colpa, le storie, i biasimi, le pretese... tutto ciò che pende dal passato. Se riuscissi a liberarti di tutto, di tutto quello che ti hanno insegnato e detto e programmato a credere, cos'altro ci sarebbe da ascoltare? Il silenzio. Un limpido e profondo silenzio. Questo sei tu.

Quando ti troverai in questo silenzio allora saprai anche che tutti sono uguali, sono il silenzio che sei anche tu e lo hanno tutti: Gesù, Lucifero, il tuo vicino, il tuo compagno, il tuo collega, i politici che disprezzi. Tutti. Quindi, quale prova serve per riconoscerlo? Quale prova posso mostrare o dire per convincerti? Non posso. Posso solo trasmettere un processo che, se seguito, può far scoprire questa esperienza dentro di sé, ma questo è tutto. Il processo è gratuito e ha solo bisogno di tempo. Il processo non ha proprietari. Il processo non fa parte di altro se non di sé. Una volta che ci si trova nel punto d'avvio di questo processo, sta a ciascuno seguirlo o respingerlo. A questa azione siete chiamati come specie".

Ho capito dal tono enfatico messo nel finale che il suo tempo era quasi finito ma mi sono fatto impudente e gli ho chiesto sornione: "Grazie Dario, ho inteso bene il senso della tua comunicazione ma vorrei solo sapere qual è il tuo personale dettaglio di verità, i giullari possono dirla senza brutte conseguenze...".

Si è avvicinato, mi ha abbracciato forte e nei lunghi secondi di questa amorevole stretta di universi locali mi ha risposto telepaticamente (forse per vedere se stavo migliorando la mia qualità di ricezione):

"La verità è l'auto-espressione del proprio sé infinito in forma umana sulla Terra. Questa è la definizione più profonda di verità che io conosca. Può non essere la stessa per te o per chi legge, ma questa è la mia definizione di verità".

Se n'è andato senza voltarsi, il suono della banda lontana tornato ad accompagnare i suoi passi da santo giullare diretto in direzione del Lazzareto.

La notte non ho dormito, come sempre mi è capitato dopo avere incontrato Dario Fo.

Una sera subito dopo la quarantena, con il temporale è arrivato un altro ospite quantico, accompagnato da lampi e tuoni ha bussato più volte prima che mi decidessi ad aprire. Quando finalmente, vinta la mia pigrizia ho aperto l'uscio, non l'ho riconosciuto e si è presentato così:

"Ciao, sono Carl Gustav Jung, è un piacere conoscerti. All'inizio della vostra storica quarantena hai pubblicato un consiglio (non richiesto) dove invitavi tutti ad avere più orgasmi possibile, un modo pratico per sconfiggere la paura della morte; è stato allora che io con il mio gruppo d'ascolto visivo del focus terrestre abbiamo esclamato: "Cavolo! Questo è uno sveglio, andiamo a dargli qualche dritta quantica...e poi fa un the allo zenzero ottimo, il migliore di tutto il settimo grande universo".

Mi sono leggermente imbarazzato per le sue parole e l'ho fatto accomodare preparando la cerimonia del the, abbiamo parlato un po', gli ho chiesto qualcosa a proposito del concetto di sincronicità da lui inventato e poi, con le tazze pronte e fumanti, ha iniziato a parlare tranquillamente:

"Non ho grandi messaggi da portarti stasera se non rincuorare te e chi legge i tuoi strani post e incoraggiare tutti ad esprimere le virtù del cuore che sei solito ricordare, l'apprezzamento, la compassione, il perdono, l'umiltà, la comprensione e il coraggio, tutte insieme realizzano l'amore. Sai, nella mia vita personale e professionale mi sono ripetutamente trovato di fronte al mistero dell'amore, e non sono mai stato capace di spiegare cosa esso sia. Qui si trovano il massimo e il minimo, il più remoto e il più vicino, il più alto e il più basso, e non si può mai parlare di uno senza considerare l'altro. Non c'è linguaggio adatto a questo paradosso. Qualunque cosa si possa dire, nessuna parola potrà mai esprimere tutto, nessuna parola ma il comportamento invece si; quello è la soluzione, poche parole, tanti fatti, espressi nelle cose quotidiane, anche le più semplici".

Lo ascoltavo con rispetto e deferenza, il suo linguaggio colto mi affascinava e gli ho fatto cenno di continuare…

"La cosa più complicata però è riuscire ad amare se stessi, è facile amare qualcun altro, ma amare ciò che sei, quella cosa che coincide con te, è esattamente come stringere a sé un ferro incandescente: ti brucia dentro, ed è un vero supplizio. Perciò amare in primo luogo qualcun altro è immancabilmente una fuga da tutti noi sperata, e goduta, quando ne siamo capaci. Ma alla fine i nodi verranno al pettine: non puoi fuggire da te stesso per sempre, devi fare ritorno, ripresentarti per quell'esperimento, sapere se sei realmente in grado d'amare. È questa la domanda – sei capace d'amare te stesso? – e sarà questa la prova".

Mi sono ritrovato a discorrere sulla pratica e gli ho chiesto un consiglio su cosa fare per allenarsi ad amarsi, mi ha risposto con un insolito entusiasmo, come se non aspettasse altro:

"Bisogna centrarsi nell'adesso stando in silenzio e respirando consapevolmente. All'inizio può volerci un po' di tempo, ma con la pratica avviene più velocemente. Bisogna interrompere gli schemi mentali che ci collegano alla separazione".

"Carl – l'ho incitato - fammi un esempio così comprendo meglio quello che vuoi esprimere"

"Semplicemente, diciamo che ho identificato un comportamento che sostiene la separazione in questo mondo. Diciamo che io credo che i musulmani sono meno morali degli atei, e quindi che è meno probabile che vadano in cielo rispetto a uno che neppure crede in Dio. Questa è una credenza o una forma pensiero collegata alla separazione. Posso opporre resistenza a questa credenza ogni volta che si manifesta nella mia vita, ma molte di queste credenze sono così impercettibili e subconscie che non ci accorgiamo neppure che stanno esprimendosi nei nostri comportamenti e nelle nostre scelte. Ma tu puoi applicare le virtù del cuore verso di te, come perdonarti per avere quelle sensazioni, puoi provare compassione per te perché tutti sono infettati da queste credenze di separazione che vengono dagli strati della mente inconscia e subconscia. E puoi anche essere umile, in quanto questa modificazione resistiva che non riguarda solo te ma, in un certo modo, riguarda tutti, perché noi siamo Uno. E poi apprezzare il fatto di stare lavorando su questo per il bene di tutti. Hai il coraggio di opporti e resistere a questi complessi di separazione che si acquattano nella struttura di una coscienza programmata. Puoi quindi vedere come si possano usare le virtù del cuore per gestire concretamente una credenza o una percezione che ti tiene separato non solo dai musulmani, in riferimento a questo esempio specifico".

Ho compreso bene l'esempio ma l'ho incalzato con una domanda un po' retorica che mi è salita senza controllo: "Ma come la mettiamo con chi si comporta male? Non vorrai suggerire di provare compassione e comprensione anche verso stupratori e assassini, vero?"

Mi ha seccato senza repliche:

"Beh, è proprio così. Non è possibile avere unità ed eguaglianza e poi dire: sì, è così, escluse queste persone della società o questi criminali della razza umana. Non esiste una colonia di lebbrosi dove degli umani vengono esclusi dal cerchio. Il cerchio include tutti, oppure è un'illusione. Questo è un assoluto".

Il tempo stava per scadere, il the allo zenzero terminato e si è avviato all'uscita, un abbraccio veloce e mi ha congedato con parole di incoraggiamento, belle e preziose:

"Caro il mio amico quantico, nelle prossime settimane ci saranno dei momenti in cui ti sembrerà che ti manchi la terra sotto i piedi, ti sentirai impotente, privo di soluzioni. Sarà durante questi momenti che avrai bisogno di applicare la saggezza del cuore e delle sue espressioni comportamentali ricordando l'antico sapere: il cuore è la sede dell'anima. Appellatevi alla vostra saggezza e imparate ad esprimerla quando le difficoltà della vita bussano alla vostra porta. Facendo così, insegnerete ad altri intorno a voi attraverso questa espressione e intento".

Non ha detto altro sparendo all'improvviso dentro ad un lampo.

Prima di dormire mi sono trovato a sorridere pensando alle mie amiche psico che hanno tanto studiato l'opera di Jung, quando racconterò loro di questo incontro. Magari potranno suggerire ai loro pazienti comportamenti assertivi oltre che a fare buone diagnosi.

Evidentemente funziona, invece che aspettare passivamente l'arrivo di ospiti quantici sto sperimentando l'invito personalizzato ed è così che si è presentato a bere il mio rinomato thé allo zenzero il pacioso John Belushi, ci siamo abbracciati come vecchi amici che si ritrovano ad un toga party quantico.

Si è levato le scarpe ed è salito sul divano iniziando a cantare L'avvelenata di Guccini con accento yankee, sono salito anch'io e ci siamo fatti una strofa a testa, l'ultima l'abbiamo cantata insieme, una festa.

Passata l'euforia iniziale, col thé bollente sul tavolo, facendomi l'occhiolino mi ha fatto intendere che doveva fare la sua predica quantica, ho messo un pacchetto di Camel sul tavolo e l'ho invitato a procedere, l'avrei ascoltato felice.

"Caro Leonardo amico mio, sono venuto a parlarti della TRIALITA'! Come tu vai starnazzando da qualche anno e lo ribadisco anch'io a chi ti legge qui, tutti voi vivete in un mondo multidimensionale, quantico come dici tu, vedendo solo, letteralmente, un frammento di chi siete e delle vostre esperienze su questo pianeta in un corpo fisico. Ora, ciò che sta avvenendo è che siete sul punto di raccogliere quelle parti di voi stessi che avete sparpagliato per partecipare a questa scena".

Come introduzione è stata sorprendente, la trialità... interessante, con un live cenno della mano gli ho fatto capire che poteva proseguire.

"Tutta l'umanità ha vissuto con la propria attenzione sintonizzata su una certa gamma, ma ci sono migliaia di segnali radio che attraversano questo spazio. Ebbene tutte le dimensioni dove vi esprimete succedono contemporaneamente, tuttavia vi sintonizzate soltanto con una alla volta. Questo è il processo che sta iniziando a cambiare. Fino ad ora avete vissuto quella che chiamate la dualità, è qui che avete imparato ad avere paura del buio e della vostra stessa ombra, perché vedevate ogni cosa come uno o l'altro, come chiaro o scuro, alto o basso, buono o cattivo, giusto o sbagliato, bianco o nero. Ecco, tutto questo è un'illusione della vostra sintonizzazione, una volta che iniziate a vedere questo da una prospettiva più ampia, quantica come suggerisci tu, uscite fuori dalle limitazioni di un campo di dualità ed iniziate ad entrare nella trialità".

Questo termine, la trialità, continuava a colpirmi.... d'altronde non avevo mai immaginato John Belushi quantico e matematico, gli ho chiesto di specificare:

"L'universo ha una base di tre. Qui sulla Terra avete fatto in modo di lavorare matematicamente con la base base 10, che in effetti è la più comune, anche il vostro sistema decimale è tutto basato sulle decine. Anche se sembra funzionare sul pianeta Terra, quando iniziate ad andare nel cosmo vi accorgerete che tutto è organizzato sui 12, l'energia di base di tutto si riduce ai tre".

Si è accorto dai miei occhi confusi che questa sua dichiarazione matematica non aveva scosso la mia passione, ha quindi cambiato tono cercando una modalità esplicativa più vicina alla mia essità artistica da sempre poco analitica, ha proseguito con lo sguardo attivo di chi sta per svelare una sorpresa:

"Questo è un tempo nuovo sul pianeta Terra, siete entrati in una zona dello spazio dove non siete mai stati prima, il campo di coscienza che vi circonda attrae magneticamente le nuove radiazioni che vengono date al pianeta nel vostro microcosmo di vita. Le energie cambiano e questo influenza non solo la vostra biologia ma risveglia un livello superiore, diciamo così, quello dove potete sperimentare la vita come creatori consapevoli. Potete considerare queste nuove energie come nuovi elementi nel processo creativo, proprio come un artista che riceve nuovi colori per la sua tavolozza. Uno dei livelli che avrete l'opportunità di apprendere prima è come camminare nelle vostre stesse creazioni, poi armonizzarle con le creazioni di tutti gli altri intorno a voi. È qui che si trova la magia. Quando potete armonizzarvi in modo nuovo con le vostre abilità creative, questo apre il campo dei tre".

Ancora con questo 3, inarcando il sopracciglio ha demolito la mia obiezione telepatica obbligandomi a concentrarmi sulla sostanza invece che la forma:

"Scoprirete di avere nuove abilità, e ciò che significa è che potete pretendere parte della perfezione che avete nascosto nelle altre dimensioni. Vedrete la vostra vita cambiare, quando diventate grandi in qualcosa in cui non siete mai stati bravi prima. Improvvisamene, qualcosa verrà naturalmente - come un canale - e tutto quello che dovete fare è seguire la sua guida. Questa forza co-creativa è potente, dinamica e intelligente in modo miracoloso. Ma osserverà la vostra pratica comportamentale virtuosa prima di emergere e fondersi".

Si è alzato, spegnendo l'ultima delle sigarette condivise e mi ha ringraziato dell'ospitalità e del thé lasciandomi con un incitamento convinto, aspirando l'aria viziata dal fumo come se stesse inspirando energia celeste:

"Forza amico mio, state entrando nell'Era dei Tre, l'era della presa di potere, state uscendo fuori dalla dualità dirigendovi verso la trialità, è come un trampolino di lancio che tutti voi sperimenterete nel corso dei prossimi mesi, così godetevi il viaggio e soprattutto cercate di ricordare chi siete veramente nel profondo perché quella è l'energia che vi è stata affidata quando siete venuti sulla Terra. Vi siete preparati per questo in molti modi diversi, siete venuti con uno straordinario, specialissimo raggio di luce, è arrivato il momento di permettere che faccia il suo lavoro".

L'abbraccio finale sembrava non terminare mai, quando infine l'ho mollato mi ha dato un cinque e si è allontanato canticchiando "With a little help of my friends", la versione roca di Joe Cocker.

Prima di partire per la Valpolicella ho controllato la mia scorta di zenzero conservata nel panno umido: nessun problema di abbondanza, disponibile per altri thé quantici e piccanti.

Oltre all'intenzione serve la pioggia, sembra succedere proprio così con questi the quantici zenzerati: infatti sotto una pioggia sottile continua, si è presentato l'ospite desiderato: la regina delle poetesse! ho sempre desiderato poter bere qualcosa con lei, chiacchierare della vita, della follia e della poesia, fumando incessantemente, riempiendo posacenere stracolmi.

È entrata felice, si è tolta l'impermeabile asciutto e ci siamo abbracciati a lungo, teneramente, affettuosamente, un abbraccio concluso con un bacio sulla bocca leggero che mi ha lasciato sulle labbra una quantità esagerata di rossetto rosso acceso.

Ci siamo raccontati cose, io le ho declamato una poesia quantica e si è come commossa, era una situazione calda, complice e divertente, il thé pronto, le cicche abbondanti. Si è alzata per andare in bagno e al ritorno ha iniziato a parlare con un tono più ufficiale, io la ascoltavo attento e meravigliato:

"Come sai, amico mio, noi non possiamo stare tanto tempo respirando con questa densità, dei 24 minuti a disposizione ne ho consumato la metà per i cazzi nostri ma ora devo farti il predicozzo, dunque, fammi la domanda a cui stai pensando"

In effetti c'era una domanda strana che mi girava in testa da qualche giorno, magari la risposta me l'avrebbe data proprio lei: Alda, sono rimasto stupito da una cosa insolita che ho letto qualche giorno fa e cioè che in Cina in questi ultimi 6 mesi la frase più cliccata su Google è stata "perché siamo qui?", in parole quantiche "perché ci siamo incarnati in questo tempo e qual è lo scopo?".

"Sapevo che mi avresti fatto questa domanda interposta ed ho la risposta pronta – continuò ridendo sciolta e felice - se voi siete qui sulla Terra adesso è proprio per uno scopo e per una scelta. La scelta fu di sperimentare questo tempo, questo allineamento con il centro galattico e l'intensificazione del raggio di creazione del Codice Sorgente. Lo scopo fu di mitigare l'esperienza del cambiamento dai vecchi sistemi e modelli di realtà a dei nuovi, sia per la società che per gli individui, come pure per il vostro pianeta e le sue creature. Avete la responsabilità dei vostri compagni umani, delle vostre creature, delle vostre culture e fare in modo che la Terra ascenda in unità e facilità. Questo è il motivo per cui siete qui".

Era proprio bello ascoltarla e partecipare attivamente al suo eloquio quantico e l'ho incalzata nuovamente: Quando introduco discorsi quantici in compagnia parlo sempre del concetto di massa critica scientificamente sperimentato, una minima percentuale di individui di una specie può introdurre cambiamenti evolutivi per la totalità; c'entra qualcosa con il discorso che stai facendo della scelta e dello scopo?

Mi ha risposto con lo sguardo complice di una vecchia amica venuta apposta dall'oltre per dirmi questa cosa, la sua voce è diventata dolce e poetica, le parole che seguono le ricordo come un'esperienza artistica di primissimo livello

"Leonardo quantico, bello e campione di bravitù, prima che ci sia un risveglio collettivo, deve esserci e stabilizzarsi un nucleo sufficiente di persone che operano su frequenze superiori di consapevolezza. Globalmente, ciò potrebbe essere tra i dieci e i dodici milioni di persone. Questo nucleo non è accentrato, non è il ramo di una religione o di un sistema di credenza. È sparso in molti, moltissimi sistemi di credenza e questi individui che operano su queste frequenze superiori saranno uniti su base interiore, non esterna, non attraverso simboli di organizzazioni umane o di strutture religiose. Saranno uniti attraverso il campo universale di coscienza e il loro sarà un unico cuore. In questa unificazione le radiazioni di paura di coloro che indugiano nelle frequenze più basse saranno domate, tranquillizzate, ed emergerà un nuovo senso di fiducia e di speranza".

Accendendosi la quarta sigaretta ha proseguito:

"Per quanto caotica possa diventare la condizione umana, questi dieci milioni di isole sorgeranno come un nuovo continente di coscienza il cui circuito umano è pronto a vivere una vita centrata sull'amore, veramente indipendente dall'opinione e dagli eventi esterni. Questa comunità quantica di dieci, forse dodici, milioni di persone che stanno operando nelle frequenze superiori noteranno su di sé un grandissimo cambiamento che si esprimerà con una maggiore percezione, una conoscenza intuitiva più sottile e un'intensificazione della connessione emozionale con i propri compagni umani."

Con un po' nostalgia negli occhi si è alzata consapevole che il tempo del thé stava scadendo, si è rimessa l'impermeabile aspettandosi la mia ultima domanda come sempre pratica, fatta per avere consigli utili su come compiere missioni quantiche qui e adesso

"Questa missione meglio farla in forma anonima – mi ha detto - e, invero, è più semplice fare così perché ciò ricorda alle persone che lo sforzo è loro, la connessione al codice sorgente è loro, la volontà di accogliere la propria essità superiore è loro, e che la conoscenza di cui hanno veramente bisogno è minima, perché hanno solo bisogno di permettere un'attivazione e della volontà di alimentare e mettere in azione questa attivazione. Questo non è tempo di voracità di informazioni, ma è invece tempo di comportamenti centrati sul cuore".

Ci siamo abbracciati forte forte, l'ultimo bacio leggero sulle labbra e si è involata dentro la pioggia sottile continua.

Rientrato mi sono subito steso a fissare soffitti di cieli assaporando la forza dell'emozione vissuta respirando la poesia che avevo appena incontrato con la quale ho condiviso un thé sempre più buono.

L'ultimo pensiero è stato tecnico, come dire, riguardava che lei fosse stata la mia prima ospite con un aspetto femminile e che il cuore aveva chiamato la più figa di tutte. Mi sono addormentato ridendo.

Il segno del rossetto impresso sul cuscino.

È successo ancora, alle 23,23 in punto: ho sentito bussare alla porta e me lo sono trovato davanti sorridente senza denti, in un certo qual modo sapevo che sarebbe arrivato qualcuno da su, infatti il bollitore era già acceso, pronto per un altro thé allo zenzero quantico.

La storia del pensiero desiderato però stavolta non ha funzionato, avevo infatti chiesto la presenza di Marylin Monroe ed invece si è presentato lui che, leggendomi nel cuore, mi ha gentilmente deriso dicendomi che mi sarei dovuto accontentare.

Un po' intimidito da questa sua intrusione telepatica l'ho invitato a sedersi e gli ho detto: "Mahatma, benvenuto nella mia umile dimora, sono felice e onorato di averti come mio ospite, accomodati, la bevanda quantica è quasi pronta".

Sembrava a suo agio e ha iniziato a parlare:

"Mio caro amico, innanzitutto volevo ringraziarti per l'ottimo lavoro di comunicazione che stai facendo sul vostro misero social, lassù siamo felici di leggerti di tanto in tanto, ci piace quello che scrivi, usi le parole per far arrivare flussi di dati sensorii, è un lavoro molto utile perché serve a svegliare le persone incarnate su questo pianeta che stanno operando con una ridotta capacità spirituale".

Mi sono schernito ai suoi complimenti ed ha continuato:

"Ti voglio parlare delle frequenze dell'amore e di come accedere alle conoscenze profonde dello spirito: ogni essere umano su questo pianeta viene informato sulle verità fondamentali delle sei virtù del cuore ancora prima che l'individuo sappia leggere o parlare, sono comprensioni innate che derivano dal pozzo comune di saggezza che è la Verità Vivente, è questo l'accesso che ricerca ogni studente dello Spirito. Una volta trovato, esso diventa vostro così capite che i circuiti dei cieli, del materiale delle galassie, dei sistemi stellari – fino ad arrivare al pianeta e nel vostro strumento umano – sono tutti allineati in un disegno coerente che rende possibile l'accesso al pozzo comune di saggezza. L'unica cosa che dovete fare è attivare il trasmettitore dell'antenna eterica, che è un altro modo per dire: ascoltate il vostro cuore. E poi sostenete ed espandete questa attivazione vivendo una vita centrata sull'amore. È semplice. Non vi è alcuna complessità perché è naturale. È seguire il senso della venatura, dove l'attrito dell'azione viene eliminato, e grazie alle energetiche in arrivo in questo tempo il compito è perfino più semplice".

Lo ascoltavo attento e concentrato e mi sono introdotto nel discorso chiedendogli consigli su cosa potesse facilitare questa attivazione del trasmettitore eterico, gli ho chiesto suggerimenti su qualche tecnica specifica, come un bagno di gong o cose simili, mi ha risposto con gentilezza:

"Capisco che ci sono molte tecniche complesse collegate alla postura, al respiro, ai mantra, alle visualizzazioni, ai suoni e così via. Non sminuisco queste tecniche o approcci, l'attivazione è un processo altamente personale e se è la vostra essità che vi guida a intraprendere questi approci allora fate senz'altro così. Ma ricordate anche che la complessità può fuorviare, può creare separazione dalla vostra comprensione spirituale che vive onnipresente nel vostro cuore. Ciò che importa non è quanto conoscete sulle tecniche spirituali e neppure di come bene esercitate questa conoscenza. Ciò che importa veramente è la vostra capacità di amare e di esprimere questo amore nelle realtà di sottilissima venatura".

Gli ho chiesto allora di spiegarsi meglio perché un conto è la teoria e un altro la pratica, volevo capire meglio, qui stiamo vivendo momenti difficili e complicati, tante belle storie ma tanta gente ha paura di ciò che sta succedendo, vorrebbe capire....

"Potresti aver ragione sulla difficoltà di passare dalla meditazione all'azione, ma non preoccuparti troppo di capirlo, si tratta più di un processo psicologico che di comprensione. È un processo di spostamento di identità, così che ogni individuo possa spostarsi dalle correnti della paura e della colpa alle correnti dell'amore e della comprensione. Perché soltanto nelle correnti dell'amore voi capite che non siete la forma che animate, ma siete invece le frequenze energetiche dell'animazione stessa. E queste frequenze danzano nel momento, non conoscono il passato o il futuro, ma vivono nell'adesso. Quindi i pensieri e i sentimenti che guardano al passato e al futuro possono limitare la circolazione di queste delicate frequenze, e sono queste frequenze che, come il pifferaio, vi portano al punto, al preciso momento in cui siete aperti alla trasformazione".

Quindi, gli ho replicato, cosa dobbiamo fare di preciso per facilitare questo processo?

Mi ha lasciato con una frase semplice ed efficace:

"Noi lassù abbiamo un detto che dice - Se stai sbucciando un'arancia non pensare alla mela - in altre parole, stai nel momento, perché è qui che ci sono le frequenze dell'animazione, è qui che sta il tuo potere".

Non ha detto altro, prima di andarsene mi ha abbracciato lasciandomi addosso un profumo di mandorle.

Scrivo questo capitolo per soddisfare la curiosità di amiche e amici che mi hanno fatto domande in privato su questa storia dei the quantici allo zenzero, quando li ho pubblicati nel mio profilo su Facebook. Celebro così la mia pigrizia (che come amica inizia!) e in un solo scritto riassumo le risposte; dunque, per prima cosa è un thé non una tisana, l'approccio esistenziale è diverso e poi...

LE REGISTRAZIONI E LE TRASCRIZIONI

Gli incontri quantici sono tutti registrati, tranne il primo, quello con Dio, considerata la visita a sorpresa. Registro tutto su cassette C-60 utilizzando un piccolo apparecchio a pile, nessuna traccia digitale, uso vecchi sistemi, sempre molto validi. Registrazioni su nastro non rintracciabili né manipolabili, fuori rete.

Gli ospiti sanno di essere registrati e sono invitati ad usare un timbro vocale e non solo la più semplice (per loro) comunicazione telepatica, spesso ho notato che in certi loro passaggi alzano il tono come per incidere più forte il concetto che vogliono esprimere, incisione su nastro e cuore, per intenderci.

Quello che leggete sui post è una sintesi esaustiva di queste registrazioni, tralascio solo riferimenti personali per controllare la mia privacità ma anche perché credo non possano interessare più di tanto. Nel passaggio della trascrizione possono mancare precisazioni ed esserci imprecisioni ma credo, tutto sommato, di aver fatto un buon lavoro di traduzione quantica.

Più difficile riuscire a tradurre e concentrare in parole le sensazioni provate, non mi ci metto neanche a spiegarle, riesco solo a dirvi che sperimento un "relax attivo" e che quando se ne vanno sento qualcosa di simile alla felicità, ma più profonda, più interna.

CI SONO STATE VISITE NON COMUNICATE

Le visite sono state fino ad ora più di quelle scritte sul libro, non le ho rese pubbliche per vari motivi di natura diversa (o conversazioni troppo private o troppo premature). Per soddisfare la vostra curiosità (attenti fa male ai gatti) sono passati a bere il mio thé allo zenzero Osho, John Fitzgerald Kennedy, Mauro Rostagno, Lenny Bruce, Lao Tzu, Pierluigi Cappello, Moana Pozzi, Jorge Luis Borges ed altri. Le conversazioni sono durate tutte, invariabilmente, 24 minuti.

Poi c'è stata una visita diciamo speciale, un ospite fisico arrivato in taxi e ripartito dopo un paio d'ore con un elicottero che l'ha prelevato qui vicino, all'Area Poggi: più che per dirmi cose è venuto per chiedermi cose ma credo che di questa visita sia meglio non ne parli proprio, diciamo per motivi di sicurezza. Almeno per ora. Anche lui ha bevuto il mio thé.

LA LORO FISICITÀ

La fisicità di questi ospiti è strana, sembrano fisici a tutti gli effetti (toccano, bevono, fanno smorfie, vanno in bagno), quando però li abbraccio sento che sono come...meno densi, come se la mia fisicità entrasse nella loro, ma solo per poco, non sono fantasmi che si fanno attraversare od ologrammi proiettati, per capirci. Da quello che dicono non possono trattenersi per più di una mezz'ora su questo piano di esistenza, attratti da un magnetismo forte farebbero poi fatica a tornare da dove arrivano, le conversazioni come detti durano tutte, 24 minuti.

LA LORO PERSONALITÀ

La loro personalità, o almeno quello che riescono ad esprimere di quello che noi chiamiamo carattere, è veramente strana, ho la percezione puntuale che a loro non interessi più di tanto la personalità umana impressa nelle loro esistenze (quella che noi conosciamo). Bob Marley, mi ha spiegato bene questa sensazione, cito: "il Bob che conosci tu è come se fosse un mio lontano cugino". Per questo motivo cerco di evitare nelle chiacchiere con loro ogni riferimento a fatti o aneddoti che riguardino la loro esistenza terrena, quando occasionalmente è successo ho notato in loro un leggero fastidio.

Tutti (a parte Ramses XII) sono stati molto affettuosi, amano abbracci stretti e lunghi, come se provassero piacere in questa azione di scambio energetico. Generalmente sono tranquilli e rilassati.

IL THE ALLO ZENZERO

Incredibilmente le curiosità più strane riguardano proprio questa bevanda, mi avete chiesto se la ricavo da un particolare tipo di radice allucinogena, da chi la compro, se faccio dei trattamenti speciali, cose così. Rispondo semplicemente che è lo zenzero che trovo da Antonio che ha la bottega ortolana vicino a casa, lo conservo semplicemente in un panno umido in frigo, e il tempo di infusione della radice è di circa 4 minuti. Non uso limone, io metto anche del miele nella tazza, gli ospiti lo hanno sorseggiato amarognolo e piccante il giusto. È buono anche tiepido.

Non ho segreti particolari se non l'amore con il quale celebro questa semplice cerimonia sensuale e ospitale.

L'ho sentito arrivare dal vento, una folata improvvisa e sferzante che ha fatto sbattere la porta di sopra, sono uscito in strada e l'ho intravisto, era ancora distante... ohh, cazzo... sta arrivando Mussolini! un incidere quasi marziale, gomiti sui fianchi, pelato, e un impermeabile aperto sul torso nudo e canuto.

Stavo pensando che anche Mussolini scriveva poesie quando, vedendolo più vicino mi sono accorto del mio errore dovuto alla vista calante, ho capito chi era prima ancora che si presentasse: "Hola amigo cuantico, soy Pablo Picasso, ¿está listo el mate de jengibre?"

Con un sorriso aperto è entrato e accomodato, ci siamo scambiati brevi convenevoli per poi a finire a parlare del sole. Il the pronto, sorsi brevi e bollenti e poi si è alzato come se dovesse tenere un comizio ed ha iniziato la sua omelia multidimensionale:

"Il mio contributo in questo breve frammento di spazio tempo è suggerire più attenzione al termine e concetto di Universo Locale, per prenderci confidenza, me entiende? L'Universo Locale di una persona è il campo dimensionale in cui l'individuo si trova momento dopo momento. Per esempio, proprio oggi il tuo Universo Locale è cambiato molte volte, prima eri a casa, poi sei andato dall'ortolano, ti sei quindi fermato un po' in ufficio e poi sei tornato qui".

L'ho guardato un po' stranito come se mi sentissi seguito ma lui ridendo ha proseguito:

"Siete tutti circondati da un campo elettromagnetico che contiene le informazioni che riguardano la vostra storia, le vostre speranze e paure, il vostro dare e ricevere nel mondo, le vostre origini e i vostri potenziali; questo campo è come un reticolo che vi avvolge, tutti."

Ho di nuovo sbarrato gli occhi pensando ad una rete imprigionante, come quella per catturare pesci, l'immagine è durata un attimo e lui, leggendomi nel pensiero ha continuato paziente:

"Quello che ho chiamato reticolo non è una rete. Non è una cosa. Non è uni-dimensionale. La sua forma, la vera forma delle sue cellule è a compartimenti chiusi, queste "cellule energetiche" sono a forma di nido d'ape e ogni cellula ha 12 lati. Ogni cellula energetica di questo reticolo è invisibile, ma fra qualche tempo sarete in grado di misurarne l'energia. La cosa veramente interessante è che è una struttura le cui parti non si toccano. Tutte queste cellule energetiche a nido d'ape a 12 lati, che si trovano ovunque, non si toccano. Eppure stanno l'una accanto all'altra, come se si toccassero, appaiono persino come se si toccassero, ma non lo fanno, perché c'è qualcosa che le tiene separate. E' in equilibrio, ma non è immobile, ha un flusso energetico che non riesco a spiegarti perché nel vostro schema di pensiero non c'è ancora alcun modello o paradigma cui fare riferimento. Perciò, non si capirebbe facilmente".

Ero concentrato e stranito ancor di più, cercavo di afferrare il flusso di dati sensorii che mi stava inviando ma la mia mente si è messa come a ronzare; lui rendendosi conto del mio rallentamento ragionante mi ha chiesto un foglio ed una penna, ho recuperato un vecchio notes e ha iniziato a scarabocchiare una cosa che assomigliava ad una caramella, a schizzo concluso è esploso in una fragorosa risata e mi ha detto:

"Proprio così amico mio, siete come caramelle, accartocciati nella vostra biologia energetica, la dimensione di questo vostro, personale reticolo energetico è di qualche metro quadrato, vi può aiutare a capirne la dimensione osservando l'uomo vitruviano di Leonardo."

Ha chiuso questa frase facendomi un occhiolino complice, di una bella purezza infantile.

Versandoci ancora del thé, mi ha incalzato con un modo leggermente provocatorio:

"Ora ti faccio ronzare la mente silente ancora un po' di più, ten mucho cuidado! dunque (...) il vostro Universo Locale è ovunque siete nel momento, e ovunque esso sia dal punto di vista fisico o geografico, voi siete anche in altre dimensioni, e in queste dimensioni superiori potete modificare la percezione o consapevolezza verso un Universo Locale differente. In questo caso, il termine "locale" significa semplicemente dove si trova nel momento il focus della vostra attenzione ed energia. Questo è importante perché significa che non siete vincolati alla vostra geografia fisica".

È stato davvero troppo, la confusione mentale mi stava pressando, mi sentivo come imbambolato ma lui mi ha voluto rassicurare facendomi intendere che stava per concludere, si è fermato un attimo solo, ha preso un gran respiro e mi ha guardato vivace ma come se stesse per lanciare una bomba comunicativa:

"Tutto quello che ti detto fino ad ora è come enigmistica ma la cosa più importante da ricordarvi nel cuore è che ovunque siete in termini di vostro Universo Locale siete la presenza di Dio in Spirito, siete come il sole nel cielo del vostro ambiente e questo sole esprime luce. Ma assorbe anche i codici informativi o input del vostro Universo Locale, e voi potete sentire questo assorbimento fluire nella vostra anima dove viene facilmente elaborato e posto in coerenza per essere usato dal vostro veicolo biologico".

Il mio amico artista ha capito di avere esagerato perché non riuscivo più a dire niente confuso fra cellule a nido d'ape e soli locali.

Si è diretto da solo alla porta, mi ha aspettato che lo andassi ad abbracciare e nel farlo mi ha detto una cosa che non c'entrava niente con quello che mi aveva appena detto, o così ancora mi pare:

"In questa storia di pandemia che state vivendo non ti sei ancora domandato quale sia la cosa più impattante? Il distanziamento sociale! è una comunicazione disperata di chi non vuole che gli universi locali possano avvicinarsi e condividere le proprie essità dentro questi pochi metri quadrati in cui si esprimono. Potete anche non toccarvi, ma starsi vicino, protetti e felici, è una cosa che dovete rivendicare non solo come uomini ma come esseri spirituali, energetici, che condividono le proprie bellezze su questo pianeta bellissimo. Starsi vicini, mi amigo, quedate cerca!"

L'ho lasciato andare accarezzandogli la pelata, io stremato e comunque felice mi sono addormentato come un sasso. Download quantico nel sonno sereno, l'anima avrebbe facilmente elaborato e posto in coerenza.

Stamattina mi sono svegliato, acceso la moka, ed ho scorto sul tavolo il vecchio notes sul quale il mio ultimo ospite artista aveva disegnato una cosa tipo una grande caramella, chiusa alle estremità, e fatta di miliardi di invisibili fili che comunicano senza toccarsi. Una figata! Un Picasso originale, quantico. Dovrò trovare una cornice che protegga il foglio ingiallito.

Una sera mi trovavo nella mia residenza di campagna, ho aperto porte e finestre per far girare aria fresca nella grande dimora e mi stavo godendo la pace del paese silenzioso quando si è palesato con una grande folata che ha fatto sbattere forte gli infissi, me lo sono trovato appena fuori dalla portina e l'ho riconosciuto all'istante, mi sono emozionato, non ci potevo credere, era proprio lui: l'immaginazione è un senso quantico ed avevo davanti a me l'autore dell'inno subliminale (ma neanche tanto) della nuova era. Un po' goffamente ho aperto le 2 entrate e ci siamo abbracciati camminando.

Figo era figo, jeans e camicia blu fuori dai pantaloni e 2 lenti rotonde davanti agli occhi, una cosa curiosa: gli stavano perfette senza stanghette e similari, sospese. È stato dolce e sornione, abbiamo chiacchierato qualche minuto di inezie, mi ha ringraziato per avere scritto di NUTOPIA sulla pagina del dj quantico mentre io pescavo dentro al mio frigo paesano una abbondante scorta di zenzero, umido il giusto.

La cerimonia, le tazze, l'elegante scioltezza hippie nei gesti e John ha iniziato a parlare sottovoce, quasi come cantando:

"Non ti sorprendo se ti dico che sono venuto a parlarti dell'attivismo, dell'impegno utile per cambiare un sistema sbagliato, ma ti e vi voglio illustrare il concetto di attivismo spirituale, a livello quantico, è uno stato molto profondo da cui vengono emanate trasmissioni di unità e uguaglianza verso la famiglia umana e, per estensione, a tutta la vita che la circonda. A livello più fisico, è l'intensità della volontà di comprendere la condizione umana nelle sue espressioni più derelitte cercando dei modi per migliorarla come opera collettiva. E' una canzone lunga ma so che ascolterai concentrato".

Muovendo la testa che dondolava la mia contentezza gli ho chiesto come un bambino a un maestro:" Come si diventa un attivista spirituale?"

Sorseggiando thè bollente ha continuato a cantare, chiaro e limpido:

"Qualcosa o qualcuno vi sveglia, un campanello suona e cominciate a vedere il profilo di una nuova struttura di credenza emergere intorno a voi. Forse i vostri valori cambiano, oppure iniziate a vedere che ciò che prima chiamavate "verità" è ora incompleto o non risuona più con il vostro sé più profondo. Molto spesso questa disillusione arriva perché notate che quel che viene promesso nel vostro sistema di credenza, sia sociale, politico o religioso, non si manifesta nell'esperienza della vostra vita.

A livello più profondo, quando suona questa sveglia vi trasformate in una spugna e andate alla ricerca di nuove informazioni in libri, seminari, siti internet, rituali, video, nella natura e attraverso centinaia di altre modalità esperienziali. Questa è la "Profonda Immersione" che spinge una persona a cercare le informazioni che ri- modelleranno il suo sistema di credenza. Per intraprendere questa Profonda Immersione è necessario far pulizia delle vecchie credenze e dei vecchi valori che avevano dominato la vostra precedente visione del mondo, questa pulizia è simile a una disintossicazione della mente e del cuore dalle vibrazioni e dagli attrattori energetici in risonanza con il vecchio sistema di pensieri e di emozioni. Quando poi emergete da questa profonda immersione imparate a diventare ingegneri che costruiscono ponti tra la separazione e l'unione, allora portate l'attenzione al collegare e condividere, andate verso gli altri e servite le cause del vostro pianeta che necessitano della vostra luce e della vostra energia. È a partire da questo punto del viaggio che vi risvegliate a una forma di espressione che io amo chiamare Attivismo Spirituale".

In quell'istante ho sentito che metteva cornici ai miei pensieri che dipingevano marce di protesta, le forze dell'ordine in assetto da combattimento primordiale e quadretti vari, mi ha risposto prima ancora che domandassi:

"Vedi Leonardo Quantico, attivismo spirituale non significa risolvere i problemi del mondo dando energia a cause sociali e aumentando la polarità tra chi si preoccupa e chi no, o tra coloro che credono nella soluzione "x" e quelli che credono nella soluzione "y". Si tratta di una distinzione sottile perché la volontà di fare il bene nel mondo è spesso accompagnata dalla separazione. Per esempio, la causa sociale del cambiamento del clima presenta i fronti di coloro a sostegno della terra (attivisti, ambientalisti, vegani, ecologisti, ecc.) e quelli che non lo sono (multinazionali, avidi affaristi, industrie militari, governi, ecc.). Un altro esempio chiaro sono coloro che si oppongono alla globalizzazione solo che con la loro intensa opposizione in realtà danno energia all'impulso di globalizzazione che cercano di fermare. I differenti fronti di "noi" e "loro" hanno impronte energetiche come le hanno i luoghi fisici, le persone e gli eventi, e questa impronta energetica si rafforza quando i due campi della polarità ravvivano a vicenda l'intensità del loro disaccordo, soprattutto energetico".

Ma allora cosa deve fare un attivista spirituale di concreto? È una lotta senza battaglia?

"La parola attivismo comporta il dire la verità al potere. Al centro dell'attivismo c'è la sensazione che qualcosa sia sbagliato e che per risolvere il problema occorra un nuovo obiettivo e un metodo per raggiungere questo obiettivo. In genere, l'attivismo è un movimento collettivo per sviluppare la distribuzione del potere, o della democrazia, nella razza umana. L'idea è strappare a un'élite di pochi il controllo degli obiettivi dell'umanità ri-definendoli perché siano più sani, giusti, gentili, attenti, pacifici e liberatori. L'obiettivo dell'attivismo spirituale è accelerare l'unione dell'umanità e, di conseguenza, generare manifestazioni che sorgono da una coscienza che emana dalle sei virtù del cuore, invece che dalle strutture gerarchiche della mente umana indottrinata".

Ha letto ancora la mia impazienza, volevo che mi parlasse più dei metodi che della teoria, con un tono più che comprensivo ha continuato:

"I metodi che pensi non sono più metodi utili, i metodi che vorrei comunicarti sono invece estremamente sottili e ben poco somiglianti a quelli dell'attivismo politico o sociale perché la sorgente dell'attivismo spirituale non è la mente. Ciò richiede, quindi, un nuovo modo di pensare alla propria identità. Il primo passo del metodo dell'attivismo spirituale è questo: vivere l'identità della propria essità! Vedi, le parole sono solo parole, ma questo concetto dell'essità come coscienza della propria sovranità è la base dell'attivismo spirituale perché è attraverso l'espressione di questa coscienza – di questo specifico livello di coscienza – che vi familiarizzate con il livello quantico della vostra esistenza come entità collettiva e potente che non può essere imprigionata, emarginata o influenzata dalla mente".

Sembrava prenderla alla larga ma la risposta che cercavo non me l'aveva ancora data e l'ho incalzato con una frenesia esagerata: "Ma allora cosa deve fare un attivista spirituale di concreto? Meditare ed essere solo una brava persona?".

"Ci sono sempre molteplici livelli di attivismo nei mondi del tempospazio. A un livello ci sono coloro che alzano un'unica voce per invocare pace, giustizia, aiuto ed equità, specialmente per quelli che sono svantaggiati dalle circostanze sociali ed economiche. A un altro livello ci sono coloro che immaginano l'unità dell'umanità entrando in contatto con il loro centro spirituale e lasciando che questa vibrazione fluisca dal loro cuore. Entrambi sono utili, un livello aiuta l'altro: in un certo senso, si uniscono per manifestare le nuove realtà di un mondo in cui l'unità prende il posto della separazione e della polarità".

Ha chiuso il suo discorso di promotore dell'attivismo quantico con un piccolo inchino, dando per intendere che era finita lì, che il tempo delle domande si era esaurito.

Mi sentivo proprio eccitato accompagnandolo all'uscita, nell'abbraccio finale mi ha afferrato forte le braccia e mi ha piantato le 2 lenti rotonde sospese dritto nelle pupille, il tono diversamente deciso:

" Impara ad essere paziente! Ti lascio con un altro consiglio respirante dedicato con amore a te e a tutti quelli che pressano per sapere come, chi, quando, dove e perché: se andate nella Natura e analizzate i suoi processi, osserverete più di un barlume di luce; la verità è che la vita è immateriale e che la vitalità non è una sostanza".

È scomparso dietro l'angolo in direzione dell'ospedale.

John Lennon e la sua definizione di attivismo quantico, questo thé allo zenzero fa veramente miracoli.

Sono andato a dormire, usci aperti e pensieri sospesi di pacca.

Come spesso capita, prima della mezzanotte si è palesato con un tuono lungo, borbottante. Sono andato ad aprire la porta e l'ho visto arrivare da poco lontano, era illuminato da un sorriso più simile ad una risata, veniva avanti canticchiando una melodia che pareva una canzoncina di Manu Chao. Quando è arrivato davanti alla porta mi ha salutato con una cordialità superiore, io non lo riconoscevo, poco alto, esile e vestito con larghi pantaloni bianchi ed una camicia con pochi fiori e molto verde, si è presentato con semplicità:

"Ciao Leonardo, sono San Francesco, ti ho ascoltato quando da piccino mi parlavi e mi chiedevi tante cose, ora sono qui, felice finalmente di conoscerti e di bere il tuo super rinomato thé allo zenzero".

Sono rimasto sorpreso ma non eccessivamente, sono tornato con la memoria ai miei ricordi infantili quando esprimevo grande simpatia per San Francesco, la sua scelta rivoluzionaria e anarchica di abbandonare agi e famiglia denudandosi in piazza, la vicinanza ai più poveri, la lotta al potere ecclesiastico, il suo rapporto privilegiato con la natura, le carezze al lupo e le chiacchiere con gli uccellini…

Ci siamo accomodati e ci siamo messi a parlare tranquilli, a me interessava sapere di più della sua avventura terrestre, lui sembrava più interessato a cose pratiche di cui non voglio scrivere adesso.

Mi ha chiesto da fumare e sembrava a suo agio fra le chiacchiere tranquille, quando ad un certo punto, ridendo forte mi ha sorpreso così:

"Sai amico quantico, anche lassù abbiamo cose tipo i vostri proverbi, uno di questi si potrebbe tradurre nel linguaggio umano in questo modo: - Ciò che uno esprime dal suo cuore è oro rispetto all'acciaio della mente - L'oro, in questo caso, è la capacità di esprimere le sei virtù del cuore in fila, separatamente o raggruppate, nelle varie situazioni che la vita presenta. Si tratta di imparare a modificare le vostre azioni sulla base di queste sei virtù e di osservare come ri-calibrano il vostro sistema di valori, ri-vitalizzano la vostra energia e creatività e ri-pristinano il vostro equilibrio e la stabilità emotiva".

Ho inteso che aveva cominciato la sua predica quantica e mi sono messo ad ascoltarlo come sempre concentrato e felice, ha continuato a parlare:

"Quello che voglio dirti è che vi avvicinate alla vostra essità sovrana attraverso il cuore e non la testa. L'intelletto può abbracciare una grande quantità di informazioni e di conoscenza. Potete studiare tutte le parole dei vostri santi, profeti e studiosi, ma se non esprimete le sei virtù del cuore vi siete soltanto riempiti la testa di parole, concetti e prosopopea intellettuale. I vostri comportamenti rimangono impastoiati agli istinti più bassi, e se da una parte potete scrivere e parlare di profonde comprensioni, dall'altra le vostre energie emozionali restano agitate, incerte su come esprimersi di momento in momento, non guidate dalla voce intelligente del vostro cuore".

Si è fermato a sorseggiare la bevanda bollente con una smorfia di piacere piccante, ho intuito che si aspettava che dicessi qualcosa, così ho fatto:

"Sai Franci, ho capito che questa cosa delle sei virtù del cuore da praticare nella quotidianità è la cosa più importante fra i tanti messaggi comunicati dai tuoi amici quantici che sono venuti a bere il mio thé (le sei virtù del cuore: apprezzamento, compassione, perdono, umiltà, comprensione e ardimento), ognuno di loro in realtà me ne ha parlato ed ho iniziato a praticarle verso gli altri e me stesso anche se non è proprio facile farlo, io personalmente sono in difficoltà con il perdono..."

Posando la tazza mi ha risposto come se sapesse già:

"Questo perdono non è un'espressione biblica o un luogo comune religioso, per fartela facile potresti tradurre il termine PERDONO con MAI PIU'! Questo perdono è la natura della vostra sovranità che rimane inaccessibile fin quando l'individuo che è nell'espressione umana si ribella dentro di sé e proclama al suo universo locale: MAI PIU'! Mai più farò parte di questo inganno. Mai più contribuirò con la mia energia a opere ingannatrici. Mai più me ne starò ignavo mentre gli altri soffrono. Mai più mi dibatterò nel dubbio e permetterò a chi sta al potere di decidere del mio destino. Mai più sarò risucchiato nelle distrazioni dell'Elite. Mai più riserverò il mio attivismo per un tempo futuro... il tempo è ORA".

Queste ultime parole le ha quasi urlate con un'enfasi allegra ma potente ed hanno dato luce a un concetto che avevo frainteso. Ha voluto concludere il suo pensiero:

"Se fate così – non solo a parole ma con le azioni – vedrete aprirsi nella vostra vita uno spazio, una specie di vuotezza e di quiete priva di abbellimenti o definizioni umane. Questo è il luogo in cui potete ergervi e irradiare l'unità, l'uguaglianza e la sincerità della vostra sovranità, la vostra essità. Questo è l'attivismo che cambierà il mondo di cui ti ha parlato John (Lennon) quando è venuto a trovarti. Non saranno le organizzazioni, le sette o le armi a portare il cambiamento. Queste non possono tener testa all'Elite. Soltanto il Sé, la vostra sovranità che opera in armonia con la Terra/Natura, può contrastare l'Elite e inaugurare l'era della trasparenza e dell'espansione".

Sembrava un guerriero, le sue non erano solo parole ma un incitamento energetico forte e deciso, mi ha guardato profondamente nel cuore ed io, senza abbassare lo sguardo, gli ho fatto capire che apprezzavo il suo discorso anche se…in molti momenti lo scoramento e il disagio causato dal mondo in frenetico e convulso cambiamento non è così semplice da gestire, un lieve ma persistente senso di solitudine un po' come trovarsi da solo a combattere un esercito di merda.

Ho sentito che aveva intercettato i miei pensieri, si è alzato per uscire, i 24 minuti stavano scadendo e sull'uscio, preparandoci ad un super abbraccio fraterno, mi ha regalato parole rincuoranti per accarezzare il mio ultimo pensiero triste:

"Tutto ciò che posso dirti è che quando qualcuno di voi si sente smarrito – persino a disagio con i suoi pensieri e le sue sensazioni – è vicinissimo a ritrovarsi. Che sia questo riconoscimento a confortarvi. Per molte persone il riconoscimento della propria sovranità arriva a onde successive, come se fossero strati che vanno sfogliandosi uno alla volta, che permettono una graduale piena comprensione, e quando per ciascuno di voi avviene, questa comprensione è qualcosa ben posta nel mistero. Non saprete quando arriverà, ma nella nuova era le condizioni sono favorevoli e il processo viene accelerato da preparativi simili a buone tecniche di respirazione.

L'Amore Primario si sta ri-attivando nella famiglia umana; potete trovarvi in una condizione di oblio, ma non è dimenticare. Voi non avete affatto dimenticato."

Ci siamo abbracciati e il tempo si è fermato, quando ha ripreso il suo corso di secondi in rincorsa sono andato a sbrogliare il tavolo e accendendomi l'ultima sigaretta della giornata, mi sono goduto nuovamente le sue ultime parole: "Voi non avete dimenticato!"

È successo di sera, finito il temporale, un richiamo telepatico mi ha spinto ad aprire la porta di casa e l'ho visto arrivare, era sorridente, camminava lento e sicuro, mi veniva incontro come se sapesse già tutto di me, della mia casa, del mio the allo zenzero e dei miei pensieri ribelli.

Non c'è stato bisogno di presentazioni, un caldo abbraccio e si è accomodato come un vecchio amico, ci siamo messi a chiacchierare, ridendo mi ha confidato cosa si dice della mia ospitalità terrena e di come in tanti si stiano prenotando per venire a gustare la mia bevanda e le mie sigarette profumate.

Finiti i convenevoli si è messo a girare in tondo ed ha iniziato il suo discorso quantico:

"Caro amico, sono venuto a parlarti del tempo e dei ritorni, quello che in maniera imprecisa chiamate reincarnazioni, ma per iniziare è importante precisare alcuni termini per aiutarvi nella comprensione di questi concetti quantici. Seguimi con attenzione: io sono il pilota che ha bisogno di una macchina, il pilota è l'essità, la macchina il corpo umano, noi lassù lo chiamiamo SECU (non sto a specificarvi l'acronimo) ma qui userò il termine di "strumento umano".

Mi sono messo ad ascoltare con la consueta concentrazione, aspettandomi comunque un discorso interessante, Ayrton ha proseguito:

"Lo strumento umano è un composito di capacità mentali, emozionali e fisiche collegate a formare un veicolo affinchè l'essità faccia esperienza della vita planetaria, l'essità è il frammento del Creatore all'interno dello strumento umano che sta cercando di essere ricordato. Vive in un eterno stato di adesso, e rappresenta la continuità di tempo e coscienza in tutte le dimensioni di realtà. In altre parole, tutte le dimensioni di tempo sono simultaneamente sperimentate dalla coscienza dell'essità ma, sulla terra, lo strumento umano è, di solito, conscio di una sola dimensione di tempo, in genere regolata in secondi lineari".

Si è fermato per vedere se lo stavo seguendo e comprendendo, io gli ho fatto un leggero cenno con il capo facendogli intendere che ci stavo dietro. Mi ha chiesto un notes ed una penna ed ha cominciato a disegnare un grande cerchio con un grande punto esattamente al centro da dove partivano tanti raggi, come una ruota di una bicicletta per capirci.

Con una voce umile e gentile ha iniziato a spiegare, io come un alunno diligente lo seguivo un tantino emozionato.

"L'essità può dimorare simultaneamente in migliaia di strumenti umani sparsi lungo 200.000 anni di tempo lineare. A uno strumento umano di un determinato periodo di tempo sembrerà l'unica e sola esistenza, ma per l'essità tutte le sue vite stanno accadendo nell'adesso. La coscienza dell'essità è il "mozzo" intorno al quale i suoi vari strumenti umani si collegano come i raggi di una ruota. E il cerchio esterno della ruota è rappresentato come tempo circolare nelle dimensioni di vita planetaria. Tutti i "raggi", o vite basate sul tempo, sono collegate insieme qui al centro dove convergono nel non-tempo".

Ho annuito capendo bene il concetto ma per essere sicuro gli ho chiesto:

"Mi stai dicendo che quelle che chiamiamo vite passate (o future) sono in realtà simultanee?"

Mi ha risposto felice di essere stato compreso anche se non completamente:

"È proprio così, non esistono vite passate ma tante vite che succedono qui e adesso. Il tempo rende possibile segmentare queste esperienze in frammenti che possono essere condivisi tra gli strumenti umani dell'individuo".

Il concetto di vite simultanee mi ha sorpreso ed eccitato, stavo per fargli una domanda lineare ma lui mi ha preceduto nella risposta:

"Una essità riesce a "gestire" simultaneamente dai 700 ai 1.200 aspetti diversi, come i raggi di una ruota che non si incontrano mai ma, volendo e sentendo, questi raggi possono comunicare tra di loro attraverso il perno centrale, l'essità che vive esperienze planetarie dense, condividendo talenti ed esperienze in un modo che adesso mi è difficile comunicare perché dovete ancora imparare tanto riguardo alla fisica quantica che regge questo sistema…incarnatorio. Mi è proprio impossibile esprimere questa interrelazione tra l'essità, lo strumento umano e il tempo ma intanto vi anticipo qualcosina……"

Ha terminato questa frase con un a risata strepitosa e un poco complice. Mi sono reso conto che il tempo (lineare) stava scadendo e mi è scappata una domanda che lì per lì mi pareva sciocca ma che invece ho scoperto dopo essere ispirata: "L'eternità è mancanza di tempo?"

Mi ha risposto alzandosi in piedi preparandosi al congedo:

"L'eternità, anche se sembra escludere il tempo, pur tuttavia è una forma di tempo assoluto che non è isolato in una realtà sovrana ma, piuttosto, integrato in tutte le realtà come un filamento di luce che attira e unisce le più disparate realtà. In questa dimensione di unione il tempo si articola non secondo la progressione lineare dei secondi ma, piuttosto, secondo l'espansione della vibrazione d'amore. Perciò, nell'eternità, il tempo è semplicemente ri-definito da un nuovo sistema di valori su cui le essità stabiliscono e riconoscono la loro crescita".

Ha capito che non avevo capito e mi ha sorriso con una tenerezza qui ancora sconosciuta, salutandomi così:

"Non preoccuparti di capire, adesso non serve, quello che conta invece è vivere qui e adesso perché è l'unico tempo che c'è, l'unico tempo in cui puoi agire e fare quello che devi fare. Solo che adesso sai che se hai bisogno di qualcosa che non sai puoi rivolgerti ad uno dei tuoi aspetti che lo sa".

Dopo l'abbraccio l'ho ringraziato per la visita e si è dileguato verso il buso del gato ed io mi sono perso ripensando al migliaio di vite contemporanee che stavo vivendo. Mi sono addormentato senza problemi. Ho sognato leggero, comunque felice.

Riassunto: non esistono vite passate o future, tutto si sta svolgendo adesso e sul groppone dell'essità ci stanno un migliaio di vite ognuna indispensabile per l'intero.

Cazzo, che storia!

Ogni tanto ho cercato di esprimere desideri ma non sempre si sono realizzati, probabilmente sono troppo mentali; è arrivato chi doveva arrivare e tutt'ora arriva chi deve arrivare. L'unica cosa è mantenersi ospitali e scorta di zenzero abbondante.

Un po' prima della mezzanotte, nella mia residenza di campagna, è arrivato un forte temporale e con lui un nuovo ospite quantico, ciuffo bianco sul viso e espressione divisa a metà fra timidezza ed insolenza, l'ho riconosciuto subito e l'ho invitato ad entrare ma lui ha preferito sedersi davanti all'entrata, a godersi con me l'aria fresca in arrivo che spazzava via l'afa tormentosa e stantia.

Era come intimidito, mi ha spiegato che per lui era la prima volta di una trasferta terrestre dopo tanto tempo e ci siamo mesi a chiacchierare amabilmente mentre io facevo la spola dalla cucina per offrirgli il mio the allo zenzero, piccante e un po' inebriante.

Si stava bene, comunicava a scatti come se dovesse abituarsi ad una situazione per lui insolita, ci siamo messi a condividere sguardi, brevi silenzi e divertenti gossip quantici.

Ad un tratto, come se si fosse ricordato qualcosa all'improvviso, mi ha detto:

"Caro amico mio, ti voglio portare a visitare una mostra d'arte allestita nel centro galattico, senza spostarci te la faccio ammirare da qui".

Io sono rimasto allibito da quello che cominciavo a vedere, non c'era schermo e similari ma immagini bellissime che mi si paravano davanti alla mente, stavo vedendo senza usare gli occhi, una situazione strana e comunque eccitante.

Ha iniziato a mostrarmi dei dipinti in movimento ed ha cominciato a parlare come una guida esperta e felice di poter condividere la sua passione:

"Il centro galattico contiene forme d'arte tri-dimensionali in uno stato di continuo movimento: rispondono alla pressione delle onde sonore come anche ai pensieri di chi si trova nel sito. I "dipinti" originali sono animati fotonicamente da una tecnologia avanzata che permette loro di cambiare forma in modo intelligente come detta la musica. In altre parole, la musica è il motore che anima i dipinti."

Continuavo ad ammirare queste opere gigantesche mai ferme, lo sguardo sbalordito come di un bambino davanti ad una sorpresa mai immaginata, Andy ha continuato:

"Attualmente non c'è modo di replicare questo sulla Terra, quindi i dipinti devono essere bloccati nel tempo e spazio. L'ambiente originale in cui i dipinti sono depositati richiede che io, come un traduttore, effettui una "istantanea" del dipinto che meglio rappresenti staticamente la dinamica dell'immagine. Io ho deciso quello stato di "fermo" e dunque, in questo caso, sono un "creatore", un artista."

Quello che vedevo erano forme e colori nuovi, una varietà infinità di combinazioni estetiche ed energetiche, chissà perché ho pensato che quella meraviglia potesse essere catturata e nascosta da poteri occulti, un pensiero strano che lui mi ha prontamente sistemato:

"Non preoccuparti di questo, posso assicurarti che queste opere originali non sono "classificate" da nessuna organizzazione governativa; semplicemente esistono in una dimensione differente e sono visibili a un differente spettro sensoriale."

Sorseggiando piano il suo the mi ha guardato come per capire se lo stessi seguendo senza perdermi in seghe mentali, è stato lì che gli ho domandato quale fosse il suo ruolo in tutto questo, forse il costruttore di un ponte fra arti di mondi e dimensioni diverse? Mi ha risposto sorridendo timidamente:

"Sono felice dei pensieri che fai, hai quasi indovinato la mia specialità, sono una specie di stimolatore artistico quantico, del resto, ho una vasta esperienza nel produrre queste interpretazioni in base a ricerche sulle vibrazioni del colore, sul sistema percettivo umano, le alterazioni della corteccia cerebrale preposta alla visione, i valori associativi di forme e di metodi in grado di catalizzare nuovi campi di percezione."

Poi curiosamente mi sono messo ad osservare alcuni simboli oltre ai colori delle varie opere che mi si paravano davanti al cuore, gli ho chiesto delucidazioni:

"Questi simboli sono molto utili, efficaci per un popolo terrestre che ha bisogno di essere accompagnato alla comprensione profonda. Sul pianeta qualche ricercatore curioso l'ha definita "lingua Senzar", che oltre a essere un alfabeto di per sé, può essere rappresentato con caratteri cifrati che riflettono più una natura ideografica che sillabica. Il Senzar, come lingua, fu portato sulla Terra da Esseri Centrali. Il motivo è molto semplice: la lingua ideografica può trasferire in un singolo carattere un concetto tremendamente complesso…è come dire…una lingua che fluttua tra i caratteri alfabetici, i simboli matematici e le note musicali. È una lingua integrata cui talvolta si fa riferimento come al Linguaggio di Luce Universale."

Ero veramente affascinato da quello che vedevo e da quello che sentivo ma il mio carattere pratico mi ha stimolato una domanda precisa: "Caro Andy, puoi darmi un consiglio su come "sentire" meglio le opere artistiche tridimensionali che abbiamo a disposizione qui? Esiste un modo, una tecnica, per poterle assimilare dentro oltre che godere del solo piacere di ammirarle?

Dal sorriso genuino che mi ha fatto ho inteso che si aspettava questa mia domanda e mi ha risposto guardandomi con gli occhi quasi chiusi, come se confidasse un segreto:

"In effetti c'è una tecnica, è effettivamente astratta, ma molto efficace, ha a che fare con una percezione che unisce mente e anima, ascoltami con attenzione: in questo scenario visivo la mente diviene un'identità personale, e altrettanto l'anima. Insieme, queste due identità coesistono su un'isola altrimenti deserta. La mente scopre i simboli dei dipinti e deve spiegarne lo scopo all'anima. La mente e l'anima non parlano lo stesso linguaggio, perciò la mente deve spiegare all'anima lo scopo dei simboli per via telepatica."

Lo ascoltavo con la bocca aperta, lui ha proseguito con dolcezza:

"Per esempio, esamina un dipinto conducendo una completa analisi mentale. Una volta completata, puoi prendere questa conoscenza e traslarla all'anima, porgendole una comprensione senza parole. Ciò è altamente concettuale, ma è stato volutamente predisposto in tal modo, e le comprensioni che ne risulteranno saranno profonde e di vasta portata, in quanto mostreranno come la comprensione mente-anima opera al fine di arricchire la comprensione mentale dell'incomprensibile. La comprensione dell'incomprensibile non scorre dall'anima alla mente, ma piuttosto dalla mente che insegna a se stessa. La mente è una personalità separata dall'anima ed è il suo istruttore. In questo esempio, la mente è la vela, il dipinto il vento e l'anima lo scafo della nave. Quando la mente afferra l'incomprensibile attraverso i simboli – sia che si tratti di formule matematiche o del linguaggio degli dei – acuisce la lente della psicologia nel focalizzarsi sul personaggio invisibile dell'anima umana e sul sistema di energia che regola il suo comportamento nel mondo del non-tempo."

Ha capito dal mio sguardo perso nel vento fresco che stavo andando in confusione, alzando le spalle, come se non gli importasse se avessi capito o meno, ha poi concluso:

"Durante ogni dialogo tra la tua identità della mente e l'identità dell'anima, registra i tuoi descrittori chiave e cerca le connessioni tra loro. Stai descrivendo una dimensione di tempo, spazio, energia e materia che sfuma nell'incomprensibile. Una volta completata questa tecnica, scoprirai una nuova fiducia nella tua abilità mentale di esprimere le profonde intuizioni della mente superiore ed inizierai a provare apprezzamento per il ruolo della nuova psicologia dove la mente acquisisce l'incomprensibile per diventare una specie di navigatore verso la totalità, proprio come il bruco acquisisce il bozzolo per diventare farfalla."

Dopo queste sue parole ero quasi impallato, vagando con la mente a cercare di definire l'incomprensibile ma mi sono perso su sentieri troppo mentali per cui ho mollato la presa e mi sono messo a sorridere davanti alla mia impotenza nel capire quello che mi aveva appena detto.

Andy allora si è alzato e con voce gentile mi ha sussurrato:

"Non preoccuparti di capire adesso, succederà quando deve succedere, l'importante è avere amabilmente sotterrato un seme, quando la piantina crescerà la comprensione ti arriverà semplice e precisa. Prima di andarmene però vorrei che facessi arrivare ai tuoi amici che ti leggono l'importante messaggio della potenza dell'arte, sarà attraverso di essa che questo vostro stanco mondo arriverà ad una svolta, concentratevi su tutto ciò che è artistico, opere ed azioni, vi sarà indispensabile per cambiare il vostro modo di percepire la realtà, l'arte è un mezzo efficace e già sperimentato in altri mondi e altre realtà per stimolare i vostri centri di percezione biologica: attraverso l'arte e la musica si crea una risonanza sub-molecolare che riconfigura i modelli proteici quadri-dimensionali del cervello e del sistema nervoso umano."

Non ha aggiunto altro mi ha salutato con una elegante delicatezza, ci siamo abbracciati serenamente, io davvero grato per questa sua incursione quantica ed artistica, l'ho salutato con affetto e gli ho semplicemente detto: "Grazie, Drella".

Si è voltato solo un attimo prima di scomparire dentro ad un tuono, mi è sembrato di scorgere commozione nei suoi occhi dolci.

Poco prima di mezzanotte, appena rientrato da un reading poetico molto intenso a Villa Albertini di Arbizzano (il poemetto "Per un'amica" di Rainer Maria Rilke letto dall'attore Massimo Totola e le suggestioni sonore di Luca Donini), ancora immerso nei flutti della poesia, rilassandomi con l'ultimo joint della giornata, ho sentito un boato fortissimo, come fosse scoppiato un ordigno appena fuori dall'uscio, sono uscito per vedere cosa fosse successo e l'ho visto, in piedi, sguardo sornione, con voce divertita mi ha detto: "Non trovavo il campanello….."

Sono rimasto stupito, non pensavo potesse tornare! Quando venne la prima volta, lo scorso 31 marzo, fu un incontro che diede il via ad una serie di the condivisi molto speciali, l'ho salutato comunque felice ma senza proferire parola, avevo inteso che invece lui avesse molta voglia di parlare, si è accomodato al tavolo e, mentre mi affaccendavo nella preparazione dell'infuso zenzerato, mi ha confidato la sua felicità per questa comunicazione inconsueta, mi ha raccontato aneddoti e divertenti storielle quantiche e poi mi ha fatto un elogio speciale riguardante il mio post sui fraintendimenti dell'inconscio dei 10 comandamenti, ha concluso dicendomi: "Bravo figliolo, sapevo e sentivo che eri spudorato ma la tua attività scrittoria mi ha felicemente sorpreso, siamo tutti colpiti dalla tua capacità di tradurre questi flussi di dati sensorii quantici e destabilizzanti, continua così……."

Mi sono schernito davanti ad un complimento così autorevole ma in fondo mi ha fatto piacere, insomma, diciamocelo francamente, è bello quando Dio ti dice che sei bravo, e che cazzo…

Sarà stata l'emozione ma mi sono scordato di accendere il registratore, fra le tante cose che mi ha detto ne ho segnata qualcuna con la penna sul tovagliolo di carta, fra queste:

"Siete ciò che siete e non ciò che credete di essere" - "Il mondo non è quello che credete che il mondo sia", "Tutto è connesso a tutto", "Tutto è vivo e può rispondervi", "Tutto quello che cercate cercatelo prima in voi", "I miracoli appaiono dove fissate completamente l'attenzione", "Con pazienza e perseveranza l'impossibile diventa possibile", "C'è sempre un nuovo modo di fare qualcosa", suggerimenti quantici infilati in mezzo ad una chiacchierata piacevole.

Ad un certo punto, finita la sua seconda tazza di the, mi ha fissato negli occhi e mi ha detto:

"Ora puoi accendere il registratore, voglio dirti qualcosa sulle famose virtù del cuore (apprezzamento, compassione, perdono, umiltà, comprensione e ardimento) che i miei emissari ti hanno costantemente riferito, giusto per chiarire meglio il loro significato, sei pronto?"

LE VIRTU' DEL CUORE SONO CAMPI ENERGETICI

Cambiando le pile dell'apparecchio vintage gli ho fatto cenno di attendere un attimo, appena sistemato ha iniziato a parlare con una voce potente e decisa:

"Queste virtù del cuore non sono consigli per vivere una vita buona e amorevole, sono molto, ma molto di più, in pratica sono campi energetici, CAMPI DELL'INTELLIGENZA SUPERIORE, sono le fonti energetiche sia della percezione che dell'espressione dell'anima immortale che alberga nella personalità umana nel mondo della forma."

Si è fermato un istante, il tempo per un lungo sospiro ed ha continuato:

"Le opere spirituali della terra sono ingombre di così tanti ammonimenti, regole, precetti, leggi, procedure stereotipate e pratiche esoteriche, che vivere quotidianamente queste virtù può sembrare stranamente semplice e quindi meno potente ma comunque sono questi semplici atti di virtù a detenere il vero potere di trasformazione ed innalzamento, non solo per la persona che li pratica, ma per l'umanità allargata a tutte le sue dimensioni di espressione, ogni individuo è un partecipante attivo nelle strutture di realtà che osserva e sperimenta nei mondi della forma".

Mi ha osservato per capire se stavo recependo il suo eloquio e ha proseguito con immensa dolcezza:

"Vivere con coerenza queste virtù è una pratica sottile. I campi energetici di compassione, comprensione, apprezzamento, ardimento, perdono ed umiltà circondano lo strumento umano – ogni strumento umano – come il bozzolo che circonda una farfalla quasi formata. Questi campi sono gli equivalenti energetici del mio imprinting sull'anima individuale. Essi esistono nel vostro mondo della forma come oscillazioni coerenti dentro i più vasti ed inter-connessi campi energetici del multiverso, ci si riferisce all'insieme di questi campi come all'amore divino – il "sangue" energetico che circola in tutto il multiverso – che sostiene tutte le forme di vita sia transitorie che immortali. La persona accede a questi campi d'intelligenza (le virtù del cuore) in modo più efficiente ed efficace tramite l'attivazione di sentimenti autentici. Non è una questione di mente o di ragionamento intellettuale. Praticare queste virtù attrae magneticamente questi campi d'intelligenza nella vostra coscienza e poi li esprime in voi con un comportamento e delle azioni al meglio delle vostre capacità verso tutte le forme di vita che attraversano il vostro cammino in ogni istante di tempo e in ogni centimetro di spazio. Quando è fatto, i vostri sentimenti diventano più ispirati dal divino, più energeticamente magnetici, più liberatori per tutti. La verità fondamentale di questo comportamento è di non dimenticare il vostro collegamento divino nonostante l'educazione culturale della società".

Mi sono permesso di fargli osservare che praticare queste virtù non è per niente cosa facile, immersi come siamo in un mondo vacuo e materialista, lui mi ha sorriso amorevolmente ed ha proseguito:

"Dici bene ragazzo mio, si tratta di praticare e non declamare, siate pazienti con questa pratica, noi questa cosa la chiamiamo "l'arte dell'autenticità", ed è chiamata 'arte' a ragione: non è razionale come la matematica, dove si ha un'energia simmetrica di input e output. Dovete aprire la vostra coscienza al campo d'intelligenza che vi circonda sempre, potete (dovete) attrarre nella vostra vita tri-dimensionale questa intelligenza come forza co-creativa. Questa forza è potente, dinamica e intelligente in modo miracoloso. Osserverà la vostra pratica prima di emergere e fondersi con voi."

Stavo pensando a questa cosa della pratica artistica e di come fossimo in pochi a provare di realizzarla quando lui, leggendomi dentro, ha voluto precisare:

"Queste virtù che compongono il vostro campo energetico le ho date a ciascuno di voi così che possiate esprimerle – il più fedelmente possibile – agli esseri che sono vostri compagni. Questo è lo scopo delle vostre relazioni per quanto semplicemente si può illustrare con il linguaggio umano. Nel porre la vostra attenzione su queste virtù cominciate a praticare la loro espressione persino quando pensate ad esse, quando immaginate la loro pienezza – la loro struttura energetica – le praticate ad un nuovo e più potente livello. La pratica non è solo espressione, è anche contemplazione e studio".

Stavo per intervenire ancora con altre obiezioni ma lui mi ha fermato con un semplice cenno della mano aperta davanti al mio sguardo assorbito:

"Praticare l'arte della sincerità vi consentirà di recuperare e reimpostare il vostro equilibrio emozionale con una perizia che vi sorprenderà. Le virtù del cuore sono magneticamente potenti perché sono il tessuto dell'amore divino – la forza più potente del multiverso. Quando praticate queste virtù vi staccate dalla cultura dell'ordine sociale e vi ponete in una situazione di co-creazione – e non di co-reazione".

Caspita, CO-CREAZIONE invece che CO-REAZIONE !

Era trascorso molto più tempo lineare rispetto agli altri incontri quantici che duravano massimo 24 minuti, leggendomi nel cuore mi ha rassicurato: "Io non ho problemi di resistenza alla densità vibratoria di questo bellissimo pianeta, stai tranquillo".

Sentivo comunque che l'incontro volgeva alla fine ed infatti si è alzato, mi si è avvicinato e mi ha abbracciato così forte che ci siamo fusi per qualche secondo. Si è aperto la porta da solo, io ero super emozionato, quasi frastornato da questo abbraccio "divino", lui mi ha riportato giù con queste ultime parole:

"A proposito, voglio lasciarti con un consiglio pratico che puoi estendere a chi ti legge sul social primitivo: procuratevi dei filtri portatili per l'acqua, dei potabilizzatori da campeggio vanno bene, vi saranno molto utili nei prossimi mesi". Con queste ultime parole si è dileguato lasciando nell'aria della via un profumo come di rose e di cedro.

SECONDA PARTE

Più o meno erano le 13,30 me ne stavo rintanato nella stanza più fresca della mia dimora di campagna, ventilatore a manetta per proteggermi dall'afa opprimente della bassa pianura veronese, quando ho sentito suonare il campanello, ho pensato al postino venuto a farmi firmare multe raccomandate decidendo di non aprire. Finito questo pensiero è successa una cosa stranissima: il campanello si è messo a suonare una musica di pianoforte (la stessa di Bach suonata da Glenn Gould che ho postato qualche giorno fa), mi sono subito alzato per andare a vedere cosa stesse succedendo, ho aperto la porta e l'ho visto in elegante attesa, vestito di un completo nero di lana pesante che stonava clamorosamente con il paesaggio muto ed assolato del primo pomeriggio.

Ho premuto il pulsante per aprirgli ed è entrato chiedendo gentilmente permesso e si è presentato con un tono regale e gentile: "Buon pomeriggio Leonardo amico quantico, sono Robert Kennedy e sono venuto a provare il tuo the allo zenzero".

Gli ho fatto notare che con il caldo snervante forse sarebbe stata meglio una limonata fresca ma ha insistito per assaggiare la bevanda bollente, ho percepito che la sensazione di caldo/freddo non riguardava la sua biologia olografica per cui

99

ho messo a bollire l'acqua facendolo accomodare al tavolo ed iniziando qualche chiacchiera di circostanza: la musica di Otis Redding, la storia con Marylin, il razzismo ancora vivo nel mondo, qualche gossip della sua numerosa famiglia, cose così.

Quando mi è parso più rilassato mi ha chiesto da fumare ed ha tirato fuori dal taschino della giacca un piccolo notes dorato dove si era segnato alcune cose che non sono riuscito a vedere bene, ho pensato fossero ideogrammi ma il mio pensiero si è interrotto dalla sua voce diventata improvvisamente solenne, decisamente più decisa:

"Grazie per l'ottimo the, ora puoi iniziare a registrare, sono venuto a parlarti del cambiamento, anzi, per meglio dire il grande cambiamento che vi coinvolge e che state vivendo in queste frazioni speciali di spazio tempo che voi chiamate doppio venti (probabilmente il suo traduttore telepatico intendeva l'anno in corso, il corrente 2020)".

Come sempre in questi incontri, ho acceso il piccolo registratore portatile che la regina madre custodiva nel cassetto del tavolo in cucina ed ha iniziato a parlare come se fosse ad una convention politica, ho lasciato perdere il tono e mi sono concentrato sulla sostanza delle sue parole:

"Il grande cambiamento che state vivendo sul pianeta arriva da lontano, è un processo in corso fin dal primo aggregarsi di atomi in molecole, in stelle, in quelle che voi chiamate schiere angeliche e nella creazione umana. È un processo che è… uno schema vibrazionale emesso dalla Sorgente che pertanto si auto-replica con efficacia e coerenza sempre crescenti".

Si è fermato anche se io non ho detto niente ma ha compreso che avrebbe dovuto andare al nocciolo del discorso tagliando qualche cosa, così almeno m'è parso perché l'ho visto cancellare qualcosa dal suo notes dorato.

È tornato a parlare come se dovesse reimpostare il suo discorso ufficiale, con un cenno del capo gli ho fatto capire che non si facesse troppi problemi:

"La Terra è un pianeta insolito nel misterioso numero di pianeti che costellano l'universo ed è, a tutti gli effetti, piuttosto vitale. Sta avvicinandosi ad allinearsi con quel luminoso campo della Sorgente che permette a un pianeta di modificare la sua frequenza dimensionale. Tutti noi, i pianeti e tutte le creature, stiamo ascendendo di dimensione attraverso il tempospazio. Questa ascensione non è arbitraria e per nulla capricciosa. Si tratta, invece, del piano della Sorgente in azione. Dunque, vedi, in realtà questo cambiamento che sta avvenendo rappresenta esperienze diverse per differenti stati di coscienza. Non sarà un evento in sé, come un'eclisse solare che è visibile nella maggior parte del mondo, e, piuttosto francamente, nessuno sa esattamente e per certo a cosa sarà simile, poiché non è paragonabile a nulla di preciso e il suo capitolo finale non è ancora stato scritto e non c'è neppure un regista, nel senso specifico del termine. Piuttosto, la Sorgente vi sta permettendo di scegliere il vostro destino: vivere una vita centrata sull'amore e seguire la sovranità della Terra oppure vivere una vita basata sulla paura e restare nella frequenza della griglia di terza dimensione con tutte le sue limitazioni".

Si è fermato per respirare profondamente, ho capito che per lui, a differenza di altri ospito quantici, non era facile tornare a comunicare con un linguaggio umano, primitivo, gli ho telepaticamente comunicato la mia comprensione e l'invito a rilassarsi di più, in effetti ha ripreso con un tono più dolce e meno formale:

"Il cambiamento di cui stiamo parlando è una scelta amico mio, una scelta. Soltanto coloro che vogliono sottostare a una profonda revisione, a una nuova prospettiva – per così dire – della natura della realtà, che si apriranno e si avvarranno del potere dell'intelligenza collettiva e di come questa intelligenza ristruttura il volto dell'umanità, soltanto questi vedranno in realtà questo cambiamento per quello che è. Tutti gli altri vedranno le illusioni e, in un certo senso, saranno forzati a vivere tra le ombre dell'esperienza reale".

Questa cosa della scelta mi ha colpito molto ci stavo riflettendo con attenzione ed ho sentito che si sentiva più sollevato, come compreso; per aiutarlo gli ho fatto una domanda chiedendogli come un individuo avrebbe dovuto accogliere al meglio questo cambio annunciato, lui ha apprezzato molto la mia domanda (d'altronde è il mio mestiere), Robert mi ha risposto spegnendo la terza sigaretta scroccata:

"Accettare questo cambiamento richiede molta responsabilità. Le informazioni che ti stiamo passando potrebbero essere inquietanti per tanti perché si è da soli, voi siete soli: non c'è un salvatore, o una schiera angelica, o degli ET che verranno a radunare i buoni per portarli nella loro dimora celeste. Questo cambio richiede anche lavoro. Si tratta di modificazioni comportamentali. Si tratta di impeccabilità. Si tratta di autenticità. Si tratta di sollecitudine. Si tratta di attenzione. Non è un abbellimento di facciata. Questo cambiamento richiede un viaggio rigoroso verso l'auto-realizzazione, non importa come questa realizzazione appaia, è un impegno verso questa premessa. Non è dire: "percorrerò la via soltanto se giungerò in cielo e mi fermerò in paradiso con anime meravigliose". Non è questo il sentiero. Chi desidera quel tipo di percorso può associarsi a una religione o setta di sua scelta e troverà questa tipologia di promesse a piene mani. Queste informazioni sono per chi è interessato a irrompere nel suo vero sé, e farlo non per riposare e rilassarsi... o celebrare ed essere beato, ma servire la verità con il proprio comportamento fino quando tutti entreranno nella realtà di unità ed eguaglianza da dove noi, io, te, tutti, veniamo e dove tutti torneremo".

Ha finito la frase alzandosi in piedi ed ha concluso con una sobria solennità:

"Ricordalo bene amico, scrivilo chiaro senza possibilità di fraintendimenti: ogni essere individuale è responsabile di questo cambiamento. Nessuno scenderà dai cieli a correggere gli errori o gli ostacoli dell'umanità. Gli umani, adesso, devono assumersene la responsabilità".

Vicino alla porta mi sono permesso di abbracciarlo, lui ha accolto con piacere questo mio gesto di vicinanza ma dalla sua reazione ho capito anche che non era proprio abituato a questo tipo di contatti ravvicinati.

Mi ha salutato piegando leggermente la testa ed è uscito facendosi inghiottire dall'umidità opprimente.

Richiudendo la porta mi sono accorto che la temperatura all'interno era fresca e piacevole, come se si fosse acceso un condizionatore potente e silenzioso, ho sperato che durasse tutto il giorno, specialmente di notte, così avrei potuto riflettere meglio il suo discorso e preparare per voi una traduzione accessibile.

Così è stato.

È successo a notte fonda, il silenzio afoso spezzato da un suono che sembrava una sigla televisiva degli Oliver Onions, inizialmente ho pensato ad uno scherzo di ragazzacci nella vicina Area Poggi che giocavano con l'impianto audio ma poi ho visto da fuori la finestra un forte lampo ed ho capito che stava arrivando un altro ospite quantico; avevo ragione.

Ho aperto la porta e l'ho visto: la benda sull'occhio, la cicatrice sul volto, il capello selvaggio e il fisico sottile avvolto in un mantello nero, senza spada laser, il mitico Capitan Harlock della mia infanzia (per i più giovani è un personaggio di un manga, emarginato diventato pirata anarchico alla guida di una astronave spaziale, l'Arcadia, dopo essersi ribellato al governo della Terra e all'apatia generale dell'umanità nell'anno 2977).

Mi ha chiesto gentile se potessi fargli assaggiare il mio rinomato the allo zenzero e l'ho fatto accomodare senza indugi. Mi ha subito detto che non aveva messaggi speciali da darmi ma che era venuto a fare una bella chiacchierata, utile per rispondere a delle mie eterne curiosità sugli extra-terrestri, di seguito condivido con voi alcuni stralci di questa nostra conversazione, per facilitarvi la comprensione l'ho divisa per temi:

LA FEDERAZIONE GALATTICA

"Ogni galassia ha una Federazione o un'organizzazione di libero scambio che comprende tutte le forme di vita senzienti su ogni pianeta della galassia. Sarebbe l'equivalente delle vostre Nazioni Unite a livello galattico. Questa Federazione è composta sia da membri invitati che da membri in osservazione. I membri invitati sono le specie che hanno saputo comportarsi in maniera responsabile nell'amministrare il loro pianeta, combinando tecnologia, filosofia e cultura in modo da permettere di comunicare come un'entità globale con un programma unificato. I membri in osservazione sono specie che sono frammentate e che stanno ancora lottando fra loro per la conquista, il potere, il denaro, la cultura e una moltitudine di altre cose. La razza umana sul pianeta Terra è una specie di questo genere e, per adesso, è semplicemente sotto osservazione della Federazione, ma non è invitata alla sua linea politica e al sistema economico.

Per quanto mi riguarda se da una parte onoro la missione della Federazione Galattica e sostengo il suo scopo, io personalmente non sono legato alle sue regole né sono soggetto alla sua struttura gerarchica. Comunque, rispetto le opinioni della Federazione e soppeso attentamente i suoi suggerimenti per quanto incidono sulle mie missioni personali".

LE NAVI

"È utile sapere che esistono non solo extraterrestri ma anche tante razze interdimensionali che si servono di navi spaziali come mezzo per attraversare i domini vibrazionali. In altre parole, non è lo spazio che essi attraversano, per come voi pensate lo spazio; è invece per superare le densità vibrazionali che si servono dei loro veicoli spaziali. Se stessero per periodi prolungati nel vostro dominio vibrazionale, si manifesterebbero e diverrebbero visibili ai vostri sensi, e se si manifestassero per lunghi periodi di tempo sarebbero però poi incapaci di tornare alla loro dimensione. Questo è dovuto ai vostri campi gravitazionali e a invisibili differenze tra i due domini di esistenza. Alcuni di questi esseri interdimensionali, quelli che si sono materializzati, si sono trasferiti in basi sotterranee della terra o, in alcuni casi, hanno trasformato il loro corpo fisico per permettere di integrarsi ragionevolmente bene nella società umana".

LA LUNA

"Ci sono basi sulla luna (e su altri pianeti del vostro sistema solare), tuttavia molte di queste basi non si manifestano nella vostra dimensione umana. In altre parole, un umano potrebbe stare davanti a queste basi e non percepirle per nulla. Questo fenomeno è simile a quello degli orb che le persone fotografano ma che non riescono a vedere con i loro occhi umani, come pure agli UFO ripresi dalle macchine fotografiche ma non osservati a occhio nudo. La maggior parte dei veicoli spaziali extra-terrestri sono visibili (quando lo sono) solo per brevi periodi di tempo per via del sistema gravitazionale della Terra che "attrae" le loro navicelle nella vostra dimensione rendendole visibili ai vostri sensi. Sulla luna, questi campi gravitazionali sono ininfluenti".

I GRIGI DI ZETA RETICULI

"Per quanto riguarda gli Zeta-Reticuli, sono come tutte le specie umanoidi complesse; hanno una molteplicità di comportamenti. Non c'è una singola personalità che definisce la specie. Alcune fasce o sotto-culture degli Zeta-Reticuli non sono piacevoli per gli standard umani e, del resto, hanno i loro motivi per i loro comportamenti, che io comprendo. Poiché li comprendo, posso sinceramente dire che mentre non sostengo od onoro il loro comportamento, non sono contro di loro in quanto nemico. Semplicemente levo il mio aiuto e lo riconosco apertamente tra coloro con cui mi associo".

L'AIUTO

"Da parte nostra cerchiamo di aiutarvi suggerendo nuove idee, nuovi concetti nella vostra mente ma non le forzeremo in alcun modo. Dovete fare voi il primo passo in modo che siamo a conoscenza del modo in cui state andando. Stiamo spingendo le persone a compiere determinate azioni che sappiamo saranno a vostro vantaggio. Se siete tra coloro che sono coinvolti in tali eventi, concedetevi quei momenti di tranquillità dove potete mettervi in contatto con noi telepaticamente".

IL CONTATTO

"Saremo lieti di contattarvi apertamente, ma non è ancora il momento giusto per un contatto così diretto, ma vi assicuriamo che arriverà. Spesso vedete le nostre navicelle nei cieli, ma a meno che sia una missione terrestre speciale, pochissimi di voi avranno un contatto personale. Sono trascorsi quei giorni in cui dovevamo informarvi della nostra presenza per abituarvi a essere contattati. Quando arriveranno i giorni per un contatto aperto, troverete la nostra presenza molto rassicurante e non per nulla spaventosa. Le nostre energie personali emettono una sensazione amorevole che vi farà sentire davvero a vostro agio in nostra presenza. Siamo esseri che vibrano di Amore Universale e da tempo ci siamo evoluti oltre il livello attuale e abbiamo codificato una missione di servizio. Sebbene ci siano alcune eccezioni che provengono principalmente dai gruppi rettiliani, in generale tutti gli extra-terrestri sono delle vibrazioni più elevate e in nessun modo violenti o spaventosi. Sono i vostri fratelli e sorelle su un percorso più avanzato rispetto a voi. Nel vostro sistema solare siamo molto simili agli umani, anche se di statura diversa".

I GOVERNI

"A vari livelli sono informati della nostra esistenza e presenza, alla fine qualche informazione che ci riguarda la dovranno far passare. Ma oltre che della nostra presenza vi tengono nascoste tante altre cose di cui ora non voglio parlare. Posso solo anticiparvi che sarebbe meglio che alcuni progetti segreti fossero portati alla luce, l'umanità ha bisogno di sapere e avere il permesso di trarre beneficio da molte informazioni che vengono taciute. L'energia libera è in cima all'elenco e aiuterebbe a rimuovere molti problemi che attualmente esistono nel vostro pianeta. Libererebbe enormi quantità di denaro che potrebbe essere speso meglio per rilanciare le economie di tutto il mondo. Ci sarebbe ovviamente opposizione da parte di coloro che hanno investito nelle attuali forme di energia, ma i progressi non possono essere frenati all'infinito, soprattutto perché sono già stati ampiamente utilizzati in segreto dalle forze armate. Da parte nostra stiamo facendo pressione sulle autorità perché agiscano di conseguenza, ma sarà un compito che dovrà avvenire gradualmente. È comunque giunto il momento che si faccia un salto in avanti, consentendo alle persone che vivono sulla terra di condurre una migliore e più prospera vita".

CONSIGLIO FINALE

Il suo tempo stava per scadere, si è diretto all'uscita non prima di rispondere alla mia richiesta di qualche consiglio utile:

"Per prima cosa dovete imparare ad accettare le molte differenze che state vivendo attualmente, dovete imparare a essere in grado di voltare le spalle alle dispute. Siate in pace con tutto, il più possibile e se dovete rispondere fatelo in modo gentile e comprensivo, vi sentirete meglio e gli altri ammireranno il vostro autocontrollo. Il livello di esperienza in cui vi trovate è destinato ad aiutare tutte le anime ad evolversi e ad affrontare tempi e traumi per il cambiamento vibrazionale in arrivo".

L'ho ringraziato e abbracciato, prima di scomparire alla mia vista mi ha fatto un inchino salutandomi con il suo motto anarchico: "Pirati sempre, pappagalli mai!"

Quando l'erede (mio figlio) è partito per qualche giorno di vacanza in Puglia, io mi sono trasferito momentaneamente a casa sua per accudire i suoi cani, Momo e Sally, un dog sitter quantico.

Verso sera Momo, solitamente molto tranquillo, ha iniziato ad agitarsi posando la sua zampona sulle mie ginocchia come per invitarmi ad uscire, forse doveva fare pipì e così sono uscito con lui in giardino ed è successo qualcosa di magico: uno squarcio nel cielo rannuvolato e decine di piccole luci si sono messe come a ballare e all'improvviso una apparizione teatrale, dietro luci punteggiate, si è così palesato l'ospite quantico, molto vecchio, lunga barba bianca ed una veste azzurrina, mi ha detto solo: "Sono Merlino".

Ha accarezzato teneramente i cagnotti e mi ha chiesto se potevo preparargli il mio the allo zenzero ma in quel momento non avevo radici con me, lui mi ha sorriso ed ha fatto apparire da sotto le vesti un grosso pezzo di zenzero con il quale mi sono messo a preparare la mia specialità.

Si è seduto sul divano, poche chiacchiere di circostanza e si è messo a parlare cercando di spiegarmi che io vedevo lui ma che in realtà lui rappresentava un collettivo di spiriti magici, non l'ho capito ma ho finto di sì. Ero anche sprovvisto anche del registratore vintage, ho armeggiato con il telefonino per poter comunque catturare le sue parole che sono arrivate prontamente, è stato subito molto diretto:

"Voi siete magici. Ognuno di voi possiede una speciale forma di magia, qualcosa che avete portato specificamente sulla terra e qualcuno di voi sta iniziando a ricordarsene. Sono tempi magici sul pianeta ed ognuno di voi, se lo vuole, può iniziare a ricordare il proprio vero potere ed entrarci dentro anche in minima parte. Le vostre azioni e l'impegno sono ciò che crea il mondo davanti a voi, perché questi sono tempi nuovi."

Io ascoltavo attento e dal suo sguardo ho capito che voleva che gli facessi delle domande, così gli ho chiesto cosa intendesse per "tempi magici", mi ha risposto sorridendo:

"Ci sono momenti in cui accendete il televisore o il vostro apparecchio portatile (il computer) e vedete che il mondo secondo i vostri sistemi di credenze è un caos. Sembra che ognuno vada in direzioni diverse. Questi sono tempi incredibili e comprendo che possono anche essere alquanto difficili per molti di voi perché non riuscite a capire quello che sta succedendo. Ciò che sta accadendo è che in molti posti del mondo i vostri governi non rappresentano più il cuore collettivo dell'umanità ma presto sarà il cuore collettivo dell'umanità che amministrerà e governerà. C'è una lacuna nel vostro sistema economico, il sistema capitalistico e, di conseguenza, il denaro parla più forte della collettività. Questo è in fase di cambiamento. Il virus che vi preoccupa fa parte di questo."

Quando ha usato la parola cambiamento ha avuto il sopravvento la mia curiosità così gli ho chiesto se mi poteva dire come sarebbe avvenuto, ha proseguito leggermente infastidito:

"Non lo sappiamo precisamente perché siete voi a decidere, forse potrebbe essere il risultato di un crollo completo del sistema per poi ricostruirlo su un terreno solido, e questo non è affatto male oppure potete continuare a sostenere le cose facendo finta che vada tutto bene e fare piccoli cambiamenti lungo la strada per farle evolvere in quel modo. C'è molta frustrazione perché il capitalismo era la parte più importante e l'avete portato nel vostro governo. In realtà, attraverso i vostri sistemi, coloro che parlano più forte tendono ad essere eletti. In questo momento, è un circo, ma è divertente ed interessante da guardare. Rappresenta la frustrazione che non è ancora stata affrontata."

Gli ho chiesto qualcosa a proposito di questa frustrazione:

"Ha a che fare con il vostro sistema di gestione del potere, il vostro governo in realtà non vi rappresenta; ha più a che fare con quelli che sono pagati da corporazioni affaristiche per condizionare scelte diffuse, persone che muovono il vostro governo con il denaro aziendale. Ora siete ad un punto in cui andrete a prendere alcune decisioni importanti. Siamo davvero curiosi di vedere che cosa farete. Pensiamo che niente di tutto questo sia poi così male perché la nostra visione è più ampia della vostra. Possiamo vedere quello che create dall'altra parte ed è per questo che ci auguriamo che semplicemente andiate avanti e facciate quel passo successivo. Soprattutto ci auguriamo che i vostri governi siano in grado di adattarsi abbastanza in fretta perché, al momento, non stanno ascoltando."

Si è fermato per sorseggiare, con una evidente espressione di compiacimento, l'ultimo sorso di the, ne ho approfittato per chiedergli qualcosa a proposito dei diffusi movimenti di protesta, ha annuito, contento della mia domanda ed ha continuato con un tono decisamente più convinto, come se stesse proclamando un incitamento cosmico:

"La vostra voce collettiva si fa sentire in questo momento. Voi siete parte del collettivo in più modi di quanti possiate immaginare. Far sentire la vostra voce in quella collettività è una delle più grandi opportunità che avete. Create il vostro mondo nuovo su piccola scala, ed anche su larga scala, dove interagirete con gli altri. Abbiate il coraggio di sognare. Abbiate il coraggio di riportare alla memoria le vostre speranze. Trattatevi bene sapendo che siete creature che portano tutta l'energia di quello che chiamate Dio. Ognuno di voi può iniziare ad usare queste abilità per creare il mondo intorno a sé. Quando raggiungete quel massimo livello dove avete creato qualcosa che vi supporta pienamente, quello è il momento in cui diventate della massima utilità per l'universo. Quei tempi si stanno realizzando proprio adesso."

Stava diventando quasi euforico, io lo seguivo contaminato dal suo entusiasmo nell'eloquio:

"Avete una grande opportunità adesso, entrateci dentro, rivendicatela, fatevi avanti. Ognuno di voi è un potenziale portatore di una parte delle matrici per la nuova Terra. Quello che dovete fare è semplice: pratica! Continuate a provare e fatevi avanti con amore, allora inizierete a colmare alcune delle lacune dove si trova questa frustrazione. Usate la creatività, incanalatela e fatelo in un modo molto positivo. Cercate il cambiamento, assolutamente. Ci sono molti spostamenti e rapidi cambiamenti che devono avvenire nei vostri sistemi per passare da una zona alla successiva. Noi stiamo vedendo quelli che sono sul punto di iniziare, la vibrazione collettiva sta facendo un rumore che non può essere frainteso sul vostro pianeta. La gente inizia a farsi avanti con molta attenzione, sapendo che ogni movimento può influenzare gli altri intorno a loro. Il vostro nervo vago inizia ad evolvere così che potete sentire quella compassione ancora di più in tutti gli umani."

L'ho interrotto bruscamente chiedendogli delucidazioni sul nervo vago, ha continuato come se non mi avesse sentito:

"Potete contenere una maggiore quantità di luce adesso, quello che vi si chiede di fare è di andare avanti con questa nuova energia, gestitela meglio che potete e non aspettate l'occasione perfetta, perché è qui, adesso. C'è così tanto che sta succedendo, tuttavia quello che forse non capite è che avete la responsabilità di tutto questo. La vibrazione collettiva ora decide. È tempo di parlare e farsi avanti, di rivendicare la vostra disponibilità e la vostra saggezza. Non che questo sia sempre perfetto, ma se non viene offerto non vi è alcuna possibilità di raggiungere l'armonia."

Dopo queste parole si è alzato dal divano, ha accarezzato il muso dei cagnotti, e si è aperto la porta da solo, il suo tempo stava per scadere e mi ha salutato abbracciandomi e dandomi una forte pacca sulla spalla, come di incoraggiamento:

"Caro Leonardo, lo dico a te e a quelli che ti leggono: portate in avanti questa nuova vibrazione collettiva e state tranquilli perché sarete ben guidati. Mentre elaborate e sviluppate questo nuovo modo di lavorare insieme sul nuovo pianeta Terra, aspettiamo con ansia di vedere cosa farete dopo. Vi diciamo esplicitamente che nei prossimi mesi, di più, nelle prossime settimane ci saranno punti critici di ribaltamento. Non siete fuori dai guai, ma vi state muovendo nella giusta direzione. Ci sono debolezze nelle economie globali del mondo e la Cina ha una grande parte in questo. Inviate energia ed augurate a tutti il meglio. Sappiate che siete tutti connessi. Smettetela di puntare il dito dicendo di essere separati e rivendicate la responsabilità di tutto questo. Rivendicate i vostri fallimenti così come il vostro successo perché è così che crescete."

Si è diretto verso il giardino ed un turbinio di piccole stelle l'ha fatto sparire davanti ai miei occhi.

Momo e Sally, l'hanno salutato con un gioioso abbaio, io me ne sono andato a dormire frastornato ma comunque felice. Queste cose, il virus economico e l'impegno collettivo, m'avrebbero dato da pensare, pensieri che quanticamente condivido con voi.

La mattina seguente ho sentito sul telefonino la sua voce è impressa chiara, il suo viso però si mescola con quello di centinaia di altri visi, ho parzialmente capito questa cosa del collettivo. Per ora.

È arrivato nel tardo pomeriggio, ha suonato il campanello e sono andato ad aprire convinto che fosse il fattorino che mi portava la pizza capricciosa con salamino che avevo ordinato qualche minuto prima. Anziano, un po' sciatto, barba ispida, camicia rossa e pantaloni troppo larghi tenuti su da bretelle blu acceso. Si è presentato come di malavoglia: "Sono Galileo Galilei, sono venuto a parlarti di fisica e di importanti scoperte scientifiche che stanno per rivelarsi, preparami il the allo zenzero, svelto!"

Il tono altezzoso e comandino mi ha infastidito ma ho fatto finta di niente, l'ho fatto entrare e si è accomodato senza dire altro, aspettando in silenzio seduto al tavolo che il the fosse pronto. Non mi ha mai guardato negli occhi, non riuscivo a capire se fosse infastidito dalla situazione olografica o da altro; ha quindi iniziato a sorseggiare come indifferente la bevanda bollente ed ha introdotto la sua lezione, con lo sguardo severo mi ha comandato di sedermi e di ascoltarlo con attenzione:

"Allora, cominciamo questa cosa: forse non ci hai mai pensato ma la fisica che tu ti ostini a schivare riguarda il modo in cui le cose materiali funzionano nella vostra realtà. Fino ad ora non ha riguardato altro che questo. Nelle vostre scuole le vostre istituzioni separano gli ambiti di studio della chimica e della scienza della vita dalla fisica, ma sta arrivando il momento in

117

cui il centro di ogni ambito di studio partirà dalla fisica, perché la fisica sarà il denominatore comune per tutto".

Si è fermato solo un attimo per sincerarsi della mia concentrazione, soddisfatto ha proseguito:

"Oggi la vostra fisica è una fisica a quattro dimensioni, vivete in quattro dimensioni - anche se parlate di tre dimensioni - ed è la vostra realtà comune: fisica 4D lineare. I fisici quantistici operano invece con le dimensioni oltre le quattro. Ora la loro sfida è la capacità di vedere e misurare l'energia quantica, la capacità di vedere chiaramente e misurare dei modelli nella fisica multidimensionale. Non appena uscite dalla vostra realtà a quattro dimensioni avete percezione come di un'indefinibile bolla di cose vorticanti che non hanno logica lineare... e ciò confonde perché vedete cose che si comportano in modi che adesso definite impossibili. Il cervello vi si deve abituare, e lo farà. Immagina di dire a persone che vivevano solo 200 anni fa che possono parlare e inviare immagini nell'aria e il mondo intero le può sentire e vedere istantaneamente. Oggi questo non vi fa nessuna impressione, perché è la vostra realtà, ma loro non vi avrebbero creduto e sareste stati considerati degli squilibrati!

Tuttavia, la verità è che quando andate oltre le quattro dimensioni, tutto quel che segue si auto-modifica costantemente. Tutto è dinamico, è come un brodo di energia dimensionale costantemente mutevole e interattivo con se stesso. Alla fine vedrete queste energie come modelli quantici".

Ho cercato di intromettermi nel suo discorso per chiedergli delucidazioni su questi modelli quantici ma mi ha bloccato, irritato, con un semplice gesto della mano:

"Questi modelli quantici o multidimensionali saranno visibili con uno strumento che sarà progettato con una lente quantica. Ciò comporterà quel che possiamo chiamare crio-energia. Si tratta di una tecnologia di super-raffreddamento che ha il potenziale che porterà a questa invenzione, e quelle lenti saranno al plasma.

Questa invenzione è davvero, davvero molto importante. Questa lente quantica non sarà usata solo in fisica. In realtà succederà prima in astronomia; però alla fine, quando sarà di dimensioni più ridotte e verrà rivolta per osservare la vita, la scienza vedrà modelli quantici ovunque! L'umanità li vedrà in tutta la natura e saranno visti nell'universo locale dell'essere umano, immagina di vedere una figura quantica ampia otto metri circondare ogni umano!

La lente quantica mostrerà una vita multidimensionale in tutte le cose, così la chimica della biologia seguirà le nuove regole fisiche. Così conoscerete in profondità il vostro DNA che è davvero molto speciale, è la combinazione di tutte le regole del pianeta: ha caratteristiche multidimensionali, è quantico e ha in sé i semi della Sorgente Creatrice. Nella sua memoria è conservato tutto ciò che siete stati e che sarete.

Dopo questa scoperta l'intero pianeta inizierà lentamente a cambiare la sua visione di chi è qui e perché".

Si è fermato per prendere fiato quando il campanello ha
suonato ancora, questa volta era il ragazzo della pizza, l'ho
pagato ed in silenzio sono rientrato in casa, lui se ne stava
seduto al tavolo e senza dire niente ha iniziato a mangiare la
pizza strappando la con le dita scostando schifato il salamino, -
Non è molto gentile - ho pensato ma a lui non sembrava
interessare gentilezza o galateo, sembrava concentrato sulla sua
lezione quantica e basta, ha proseguito con un tono
leggermente più gentile, masticando lentamente, era come se il
movimento della mandibola non disturbasse il suo eloquio
fluido:

LA MATERIA OSCURA E L'ENERGIA LIBERA

"Stammi ben concentrato figliolo: la capacità di osservare dei
modelli quantici porterà a una seconda importante scoperta
della fisica: la scoperta di altre due leggi, la forza debole e forte
multidimensionali che introdurranno il concetto di leggi
multidimensionali. Queste due leggi mancanti daranno inizio
alla spiegazione di quel che oggi è un mistero: l'energia
mancante del cosmo. Sarà anche l'inizio della comprensione di
una spiritualità nella fisica anche se questa cosa avverrà
successivamente.

Queste due nuove leggi spiegheranno completamente l'energia
che vedete nell'Universo e nella vostra galassia. Innanzitutto la
spiegazione di cosa sia la materia oscura presente nella vastità
dello spazio. In passato, la materia oscura era vista come una
grandissima energia in base all'azione che aveva sulle cose
intorno ma è stata erroneamente etichettata come facente parte

del sistema 4D newtoniano, cosa che non è. L'elemento multidimensionale dell'atomo non è stato ancora compreso.

Lì vi è energia, una straordinaria energia, e il suo riconoscimento spiegherà ciò che gli astronomi osservano nello spazio come materia oscura.

La seconda cosa è che il riconoscimento di queste due nuove leggi della fisica vi porterà l'energia libera. Ora è prodotta in modo primitivo, estrarre dalla terra cose da bruciare per riscaldarsi è primitivo. E tutto ha a che fare con la produzione di calore, questo è il modo che conoscete per produrre energia. Tutto ciò che pensate di sapere sull'energia al momento, un giorno vi sembrerà come oggi considerate il momento in cui è stata inventata la ruota, o come si è scoperto il fuoco, davvero primitivo! Quando accederete a quella parte di fisica multidimensionale, potrete produrre energia illimitata in modo davvero raffinato, senza esplosioni o calore".

Approfittando dell'istante in cui si stava riempiendo la bocca di un altro grande pezzo della mia pizza gli ho chiesto cosa pensasse dell'energia nucleare, mi ha fulminato con gli occhi come se avessi detto una puttanata colossale, si è molto irritato: stava quasi per sputare il boccone sul cartone tanto si è alterato:

"Ragazzo umano balordo, sai cos'è l'energia nucleare? È un'esplosione controllata in modo da ottenere calore! Non è elegante, è stupida e pericolosa e si hanno dei sottoprodotti estremamente nocivi per gli esseri umani. È questa la vostra idea di progresso energetico? Pensaci bene: si tiene sotto controllo una pericolosissima esplosione per generare vapore... la macchina a vapore più costosa e pericolosa del mondo!

Energia nucleare... non ne avete idea.... la vergogna cosmica di usare tale energia come arma distruttrice.... e quante volte siamo dovuti intervenire per rimediare a tanti potenziali disastri ..."

Dopo questo sfogo inatteso (non vi riferisco le parolacce che ha messo in mezzo al suo ultimo discorso) scuotendo la testa ha proseguito a parlare:

"Ora non conoscete la raffinatezza di come attingere alle forze multidimensionali. Non avete gli strumenti e non riuscite neppure a vedere quello che state facendo. Semplicemente non ci siete ancora arrivati. Voi non avete l'elegante capacità di suonare le note degli atomi. Non sapete come trovare le vibrazioni multidimensionali che agiscono insieme, che fanno scorrere lentamente e con eleganza l'energia nella quantità che vi occorre... un concerto di energia coordinata! Ora ascoltami bene: non libererete energia per produrre calore. Produrrete, invece, energia che respinge gli oggetti circostanti. Controllerete la massa!"

Ha concluso la frase in maniera definitiva; intanto la pizza se l'era sbaffata tutta e pulendosi la bocca sporca di pomodoro con la manica della camicia mi ha detto una cosa che mi ha lasciato stravolto:

"E poi amplierete la conoscenza della struttura atomica, troverete Dio nell'atomo. Sarà una scoperta così fondamentale che scuoterà le religioni del pianeta, e non in senso negativo, perché Dio sarà per tutti ancora più grande. La scoperta che Dio fa letteralmente parte della fisica sarà provata. È una fisica che ha una propensione alla benevolenza! Ci sarà il riconoscimento della divinità nella materia. E questo sarà solo l'inizio perché questo sarà la prova di Dio in tutte le cose. Tuttavia, prima che ciò accada, dovrà esserci … "

Si è bloccato all'improvviso come se si fosse accorto che stava dicendo qualcosa che non doveva, ha fatto un super sospiro e ha proseguito con calma, assicurandosi che io ascoltassi con attenzione e ponderando bene le sue ultime parole:

"Scoprirete anche la fisica della coscienza, sarà la comprensione che la coscienza umana è un attributo della fisica multidimensionale. La coscienza dell'umanità, questa energia elusiva, sarà vista come facente parte della fisica quantistica multidimensionale, con leggi e regole che possono essere comprese, applicate e utilizzate. Queste nuove scoperte della fisica vi stanno aspettando".

Si è alzato ed ho inteso che aveva finito la sua lezione/anticipazione, stava uscendo quasi senza salutare, io mi sono fatto un po' di coraggio e gli ho chiesto un'ultima cosa: "Scusami tanto Galileo, hai parlato di queste scoperte straordinarie che cambieranno la vita dell'intero pianeta, puoi dirmi più o meno fra quanto tempo succederà? Dieci, venti, cento anni?"

Si è voltato e mi ha risposto con inattesa gentilezza, dandomi dei colpetti, quasi affettuosi, sul mento:

"Leonardo, mio caro, non preoccuparti di quando, perché spesso una vecchia generazione con vecchie idee deve sgomberare per lasciar spazio alle nuove. Queste nuove invenzioni le scoprirete soltanto all'interno di una nuova energia perché con una natura umana più matura non tenderete a fabbricare delle armi con queste cose! Tenderete, invece, a impiegarle per scoprire come possono nutrire, riparare e produrre energia per una popolazione che ha deciso di vivere fianco a fianco in tollerante cooperazione".

È uscito dalla piccola portina e si è girato solo un attimo per dirmi beffardo "Bona la pizza umana cittino".

Rientrando in casa ho avuto la precisa sensazione che questo discorso sulla fisica del futuro non l'avesse fatto per me (io di fisica ho sempre capito poco, sono più un umanista) ma per qualcuno che legge questo post, non so come dire.... mi sono sentito usato.

Ho mangiato il salamino che lui aveva snobbato, accompagnato da 2 tristi grissini, un po' di dieta non mi avrebbe fatto male. Posso però confidarvi che Galileo è stato uno stronzo... La pizza, intendo, uno spicchietto dai poteva lasciarmelo.

Come spesso accade, mancavano pochi minuti a mezzanotte, ero seduto fuori dalla residenza di campagna, un po' a cercare frescura notturna dopo una giornata di afa e calura, un po' per ammirare dei grossi lampi nel cielo che squarciavano la notte, lampi senza tuoni, lampi di calore. Ero stato comunque avvisato di un arrivo, aspettavo quieto.

Dopo un lampo molto forte, abbagliante, è apparsa lei fuori dalla piccola portina, sorridente con i suoi grandi denti, indossava un impermeabile marrone, fisionomia di una trentenne felice, diversa dalle sue ultime immagini mortali, alta e dritta sulla schiena. L'ho riconosciuta all'istante.

L'ho invitata ad entrare ed ho messo subito a scaldare l'acqua, una grossa radice di zenzero pronta per l'uso. Una bustina di miele sul piattino.

Ci siamo messi a chiacchierare amabilmente di cose private, lei si è lasciata andare ad una confidenza dopo una mia asserzione sull'esistenza di dio da lei gioiosamente negata durante la sua incarnazione di scienziata rinomata e rispettata: "Continuo a non credere in Dio, adesso semplicemente lo conosco".

Il the pronto nelle 2 tazze fumanti e lei, con tatto e gentilezza, mi ha detto:

"Mio caro e dolce amico quantico, sono venuta a parlarti della compassione, meglio, della forza della compassione espressa in un campo energetico attivo e potente, realmente trasmissibile".

Io mi sono messo comodo in poltrona, pronto ad ascoltare, come sempre con attenzione e concentrazione, lei, in piedi, ha iniziato a parlare con un tono da profe entusiasta:

"Una delle proprietà che ancora devono essere scoperte del vostro DNA è che in grado di comunicare dei tratti – in modo particolare quelli aggressivi – senza un'interazione fisica. (…) Nel DNA vi sono dei circuiti vettoriali che trasmettono tratti, e anche forme d'intelligenza, attraverso una membrana di realtà sub-quantica. Si tratta di un aspetto corollario della forza d'unificazione che diffonde i tratti e le comprensioni di pochi a molti. È ciò che permette la trasmissione di una nuova comprensione o di un tratto forte attraverso lo spettro di risonanza di una specie che è in sintonia con quella visione o caratteristica, e lo fa senza che vi sia interazione fisica".

L'ho rispettosamente interrotta facendole presente di usare, se poteva, un linguaggio più accessibile e scientificamente meno tecnico e poi le ho chiesto:

"Scusami Margherita, se ho ben inteso stai dicendo che una persona potrebbe avere un'idea o tratto nel suo DNA che viene poi trasmesso al pianeta come da una torre di trasmissione, e tutti ne sono influenzati?"

Mi ha risposto lentamente, come se si sforzasse di essere compresa meglio:

"Vorrei fare due precisazioni: innanzitutto, non si tratta di una persona, occorre che ci sia una massa critica di parecchie centinaia di persone affinché si trasmetta un tratto della personalità, e forse solo da dieci a venti persone per trasmettere un nuovo concetto o comprensione. In ogni caso, una persona non basta. Non è ancora una scienza esatta.

In secondo luogo, non si trasmette come da una torre di trasmissione. Si trasmette selettivamente a un DNA risonante, e l'effetto che ha non dipende dal fatto che il ricevente sia simile, o anche solo somigliante, al donatore; dipende dalla ricettività del DNA. Alcune persone aprono il loro DNA alle innovazioni, altre no. È questo il fattore che decide se un nuovo tratto o idea sono trasmessi con successo".

Stavo per farle un'altra domanda ma mi ha fermato con un gesto della mano sinistra, chiedendomi pazienza perchè avrebbe comunicato meglio se non fosse stata interrotta, portandomi l'indice alla bocca ho accolto serenamente la sua richiesta, così ha continuato:

IL TRANSFER ENERGETICO: FLUISCI IN COMPASSIONE

"Ora è il momento di entrare più profondamente in quel che io chiamo il saggio sorriso del vostro cuore: quella sobria, luminosa e pronta intelligenza dell'intuizione che vede al di là delle barriere della comune esperienza umana.

Quando sentite emergere una nuova chiarezza dentro di voi, coerente e virtuosa, inviatela. Ecco come:

Immaginate questa chiarezza come un piccolo ma vibrante agglomerato di particelle di luce dorata che possiede una coscienza sua propria. Visualizzate questa luce iper-consapevole e intelligente. Non c'è bisogno che la indirizziate verso un luogo, poiché essa sa con esattezza dove andare prima ancora che si pensi di inviarla. Quindi, tutto quello che dovete fare è immaginare un agglomerato o un cono di luce dorata nella zona del cuore, in attesa della volontà affermativa della vostra mente per catapultarsi nell'azione. Dite questa semplice frase: fluisci in compassione. Ripetetela a voi stessi, mentalmente o a voce alta: fluisci in compassione… e sentite l'agglomerato di luce muoversi dal vostro cuore e raggiungere chi deve raggiungere, non importa dove vive.

Delle sei virtù del cuore di cui hai spesso tratto con altri amici quantici che sono venuti a bere il tuo rinomato the allo zenzero (mi ha fatto l'occhiolino birbante), la compassione è il collegamento più limpido all'innata capacità dell'anima di connettersi agli altri. La compassione è ciò che determina il fondarsi delle comunità quantiche. Ciò che potete fare è inviarvi reciprocamente compassione, e che si tratti di due persone o di due miliardi, il flusso di compassione è il fattore risonante che troverà il cuore dell'altro che è nel momento, allineato e che condivide il medesimo stato emotivo.

Sperimentatelo per alcuni istanti.

Ora, immaginate che questo agglomerato di particelle di luce dorata stia nuovamente addensandosi nella zona del cuore, pronto a fluire al vostro comando. È inesauribile. E tuttavia, è unicamente di origine umana, viene da voi: voi siete il suo creatore. Ora ri-assegnate questo agglomerato di luce allo Spirito, sapendo che lo Spirito lo dirigerà verso la giusta zona, o l'evento, o la persona che sulla Terra ne ha maggiormente bisogno.

E così, facendo questo, voi aumentate la vostra connessione con la griglia di compassione".

Ho approfittato di una sua pausa respiratoria nella quale ha degustato le ultime gocce dell'infuso zenzerato piccantello chiedendole lumi sulla griglia di compassione appena citata, mi ha risposto sorridendo a bocca aperta, felice della mia impertinenza quasi infantile:

"Questa è una griglia che esiste da decine di migliaia di anni. È questa griglia o campo di energia intessuto dalle frequenze della compassione che attira, come un potente magnete, la famiglia umana nella direzione di un progresso spirituale e scientifico bellissimo e senza precedenti nella storia di questo pianeta. Quando accedete a questo campo di energia, questa compassione generata dagli umani che voi potete produrre nei vostri cuori, senza limite, sapendo che viene indirizzata alle più alte necessità, allora avete raggiunto il vostro massimo scopo".

Ha proseguito felice che io la stessi comprendendo bene, apprezzava la mia lucidità, ha abbassato leggermente la voce, come per confidarmi un segreto: CREATORI DI LUCE

"Voi tutti siete creature di luce, anche la scienza ve lo dice senza alcuna esitazione, ma voi siete più che semplici creature di luce: voi siete creatori di luce; e allineati con il processo del transfer energetico voi siete potenti creatori di luce compassionevole, aiutando a sostenere e rafforzare la griglia di compassione che serve tutta l'umanità, il pianeta e il vasto creato nel reame del nostro Sole Centrale".

1 + 1 = 2000

"Per concludere: è facile venir catturati dalla grandezza del processo del transfer energetico. Dopo tutto voi siete d'aiuto su vasta scala quando utilizzate le vostre energetiche con deliberata intenzione di creatori di luce e poco altro. Alla vostra personalità umana (Ego) può sembrare un calcolo impossibile che uno più uno sia uguale a duemila. Tutto quello che posso dirvi è che qualunque sia il grado di luce compassionevole che offrite allo Spirito, esso viene moltiplicato. È come se lo Spirito vi dicesse: "Per ogni unità di compassione da voi investita, io ne investirò mille.""

Io la ascoltavo a bocca aperta immaginando coni di luce, griglie energetiche circondanti la terra e spiritelli moltiplicanti, quando si è alzata, sistemandosi l'impermeabile prima di congedarsi, data la scadenza temporale olografica; mi ha abbracciato con un calore freschissimo, piacevole e pieno d'amore, mi ha guardato negli occhi fisso fisso e poi mi ha sussurrato piano all'orecchio:

"Mio caro Leonardo, ti lascio con un ultimo commento: da qualche parte, stanotte, nella vastità di questo pianeta, delle persone saranno influenzate dal tuo contributo. Non posso dire chi, o quanti, ma posso dirti che ciò che fai energeticamente va a chi ne ha bisogno: un bambino affamato e senza casa può avere un nuovo senso di una speranza perduta da tempo; una madre sola che si dibatte nelle ristrettezze per dar da mangiare alla famiglia può trovare un nuovo sogno invece di tutta quella stanca confusione; un padre in preda alla rabbia può ripensarci a punire il suo figlioletto".

Prima di lasciarla tornare dentro al lampo, quando eravamo giù fuori casa, le ho chiesto, forse per trastullare il mio ego, se ci fosse bisogno di insegnare questa tecnica energetica che lei mi aveva appena rivelato, mi ha congedato stampandomi un lungo bacio sulla guancia con un sorriso tenero ed ironico allo stesso tempo:

"Lascia perdere mio amico quantico, rimani in uno stato di umiltà e apprezza l'opportunità di poter contribuire in questa forma. Magari verrà il momento in cui potrai parlare ad altri di queste tecniche, ma per ora: pratica, pratica, pratica".

Il lampo preciso è arrivato portandosi via la mia amica sorridente e le mie domande cretine.

Prima di addormentarmi ho dedicato i respiri della mia ultima sigaretta a tutte le persone bloccate nella loro sofferenza come ad un vizio, ho sussurrato piano "fluisci con compassione, fluisci con compassione".

Mi sono addormentato felice, immaginando sorrisi di sollievo in ogni parte del pianeta. Il cono di luce dorata sotto il cuscino.

IL VIRUS

Ho provato (spinto da amici e conoscenti) a fare domande riguardanti il virus, cercando risposte o rassicurazioni; più di qualche mio ospite ha lasciato intendere che non si tratta di un problema sanitario ma di un "reset economico", un virus artificiale diffuso a livello planetario che serve a far transitare un sistema finanziario collassato verso un nuovo sistema economico più equilibrato.

CHIACCHIERE PERSONALI

Quando scrivo di chiacchiere personali non approfondisco per questioni di privacy. In realtà non sono chiacchiere come le intendiamo comunemente, questi ospiti sono visibilmente infastiditi se discuto con loro di fatti o situazioni relative alle loro incarnazioni così come le abbiamo conosciute; per chiacchiere personali intendo quindi domande e risposte su situazioni quantiche ed energetiche, personali in quanto faccio loro queste domanda "di persona" e la loro risposta è diretta solo a me (o quantomeno credo non possa interessare altri). Rilevo anche che questi ospiti non esprimono mai energetiche negative, mai nessuno ha espresso critiche a persone e situazioni, è come se fossero fuori dai giochi umani, sono osservatori interessati e amorevoli. Hanno nostalgia solo dell'ironia.

LA LUNGHEZZA DEI CAPITOLI

Quando raccontavo le storie dei thè quantici su Facebook, mi arrivavano molte osservazioni critiche sulla lunghezza dei post, qualcuno mi ha detto che la formula della comunicazione sui social dovrebbe essere più concisa e che in pochi leggono fino in fondo. Se qualcuno avesse pensato la stessa cosa leggendo il libro rispondo che non è un mio problema, anzi, credo proprio che non sia affatto un problema. Da parte mia mi impegno (e molto) a sintetizzare i concetti che escono da questi incontri e se non avete la pazienza o l'interesse per leggerli fino in fondo sono affari vostri; non scrivo questi resoconti per raccogliere consensi, non è mai stata la mia intenzione. Questa è una risposta educata ma spero chiara e definitiva.

LA COMPRENSIONE

Qualche amica mi ha detto che spesso non riesce a capire tutto quello che scrivo, rispondo che spesso capita anche a me, si tratta di resoconti quantici che cerco di mantenere il più fedelmente possibile. Capisco però che qualche concetto o definizione sia un po' impegnativa per le nostre menti educate alla linearità e poco stimolate alla multidimensionalità. Credo che dobbiamo abituarci, l'energia sta andando da quella parte (e la tecnologia, la spiritualità, la scienza tutta, l'arte), tanto vale predisporci ad una comprensione più aperta. In un incontro non pubblicato con Winston Churchill lui ha risposto così ad una mia obiezione sulla comprensione di questi nuovi concetti: "Solo perché loro non capiscono o apprezzano quello che pubblichi non significa che non lo vedono, continua a piantare semi, il loro subcosciente è sveglio anche se la loro coscienza è addormentata".

ALTRE VISITE

Come già scritto ci sono state altre visite di cui non ho pubblicato un resoconto scritto per vari motivi. Alla lista sopra aggiungo Pietro Mennea, Winston Churchill, il Comandante Mark, Marylin Monroe, Tim Buckley e Piervittorio Tondelli. C'è stata poi un'altra visita decisamente clamorosa con rivelazioni che mi hanno stordito, per ora non posso rivelare niente, il resoconto è scritto ma non ho ancora l'autorizzazione a renderlo pubblico, ho ricevuto l'ordine di aspettare, quando sarà il momento me lo faranno capire chiaramente, penso che dovranno passare ancora molti anni. O forse meno, dipende, io intanto aspetto e obbedisco.

Tardo pomeriggio, nella residenza di campagna, rifugiato all'ombra del mio studio, ho sentito suonare il campanello ed ho udito una voce che cantava una canzoncina per bambini che lì per lì non ho riconosciuto. Mi sono alzato di malavoglia per aprire e quando l'ho visto il mio cuore ha fatto un balzo gioioso.

Aveva la stessa esuberanza del dj militare di Good Morning Vietnam ed era vestito con la tutina di Mork con il triangolo a punta in giù argentato.

È stato un momento incredibile, in un attimo davanti a me, sorridenti c'erano contemporaneamente il professore John Keating dell'Attimo fuggente, il Re Pescatore, la tata Signora Doubtfire, Patch Adams, il dottor Malcom Sayer di Risvegli, Capitano Uncino, lo psicologo di Genio Ribelle, Braccio di Ferro, tutti insieme davanti a me riuniti in un unico, bellissimo, sorriso di Robin vestito con la tuta spaziale in dotazione ai volatori del pianeta Hork.

Era un desiderio che si stava realizzando, espresso con intento qualche mese fa, all'inizio di questa serie di bevute di the zenzerato: di sicuro mi sarebbe piaciuto farmi una bella chiacchierata con Robin Williams ed ora era arrivato, 27 minuti insieme, un regalo dell'universo.

Dalle prime parole scambiate sentivo che stava usando lo spagnolo invece che l'italiano, non gli ho detto niente, tanto capivo uguale.

Felice come una pasqua non sono riuscito a trattenere il mio balletto e ci siamo messi a sganasciare come vecchi amici adolescenti, qualche minuto di sana crisi ridens.

Poi ci siamo calmati ed ho preparato sereno il mio the piccante, mettendo le tazze sul tavolo mi è scappato di chiedergli, senza guardarlo negli occhi, se poteva dirmi qualcosa sul quel suo modo strano, per me allora inspiegabile, di lasciare il pianeta l'11 agosto di 6 anni fa.

Mi ha risposto chiamandomi a sé e dicendomi a 10 decimetri dal naso:

"Sono solo esperienze, non c'è giudizio".

Sorseggiando piano la bevanda bollente mi ha fatto capire con un impercettibile giro degli occhi che stava finendo il tempo delle battute e di prendere il registratore vintage, così ho inteso che stava iniziando a dirmi qualcosa di importante, sorridendo serio ha introdotto così la sua performance

"Leonardo amico mio, volevo regalarti anch'io un contributo quantico per questi deliziosi the allo zenzero, in particolar sono venuto e regalarti 2 semplici e magiche parole, ma prima volevo mettere in chiaro alcuni flussi di dati sensorii che ti abbiamo inviato qualche mese fa, una specie di aggiornamento dati, mi segui?

LA DE-PROGRAMMAZIONE

Dunque: inizio con la de-programmazione. Per vivere al servizio della verità, dovete prima identificare gli strati d'inganno che vi racchiudono. Questo è l'equivalente di una de-programmazione, è fondamentale per il processo di .... – si è fermato per un po' come a cercare la parola perfetta - ...... Sovranità Integrale. Dopo potete vivere le parole e le idee che emergono da questo campo interiore di verità che è dentro di voi, e non altrove, é totalmente indipendente da tutto ciò che è caratteristico della Gerarchia. Questo perché ciò che è verità è singolo e universale allo stesso tempo. Nessuna organizzazione può detenerla. Soltanto voi."

Si è fermato per accendersi una Camel ed io l'ho un po' istigato:

"Grazie Robin che sei qui e che mi dici queste cose ma quando tu e i tuoi amici olografici venite a prendere il the qui da me mi dite tante belle cose, mi regalate suggerimenti e abbracci ma poi voi svanite nell'etere mentre qui sono tutti avvinghiati nelle nuove paure planetarie......"

Non mi ha fatto concludere ed ha continuato a parlare con un tono sicuro ma non rassicurante:

"In un mondo di totale separazione e disillusione può davvero essere un'impresa molto difficile immaginare come voi, razza umana, possiate unificarvi attraverso l'espressione dell'amore quale vostro comportamento primario, l'amore che si esprime nell'atteggiamento di unità e uguaglianza, e percepisce tutta la vita come esseri infiniti, non importa sotto quali veli in termini di personalità e veste umana.

Tuttavia, siete programmati a ricorrere alla rabbia o mettervi sulla difensiva ogni volta che qualcosa o qualcuno minaccia, diminuisce, impedisce o esaspera la vostra volontà e senso di sicurezza.

In un mondo di costante sorveglianza, di sempre meno libertà e d'inesorabile secolarismo, non è facile negare/cambiare la vostra programmazione che si basa su due elementi interdipendenti e primari della realtà umana: la separazione e l'inganno. Te ne aveva ben parlato Einstein poco tempo fa. Vorrei tornarci su anch'io, breve ma forte".

L'ho guardato oltre gli occhi pronto a ricevere le sue parole.

"Ognuno di voi è separato e ognuno di voi vive nell'inganno. Questo è un semplice dato di fatto.

La separazione comincia nel momento in cui vestite un corpo umano (la nascita). Siete immediatamente separati nella realtà tridimensionale. Siete sigillati all'interno del vostro corpo. È un'esperienza molto strana cominciare a vedere il mondo come separato da voi stessi e che voi esistete separati da tutti e da ogni cosa. Venite programmati da questa forte caratteristica della realtà a sentirvi vulnerabili e dipendenti.

L'inganno del vostro mondo è in quel principio illusorio che descrive la durata della vostra coscienza umana di circa ottant'anni (la media di vita) con una possibile – ma indefinita – componente spirituale divina. Grazie a questa potenziale scintilla divina siete autorizzati a credere nell'anima, che tuttavia rimane solo una credenza, e così l'inganno è completo: voi non conoscete la vostra essità".

Ha concluso la frase come se attendesse una mia replica che è subito arrivata:

"Bene Robin ho capito questa storia della separazione e dell'inganno, ma cosa possiamo fare per iniziare quella che tu chiami de-programmazione?"

Mi ha preso una mano e stringendola forte mi ha detto:

"Può esservi utile declamare le 2 parole che adesso ti dico: YO EXISTO! Il momento perfetto è l'attimo appena vi svegliate il mattino, quell'attimo subito prima che il vostro cervello cominci ad elaborare informazioni tridimensionali, quell'attimo è speciale e dire a voce alta queste 2 semplici parole modificherà enormemente l'energia della nuova giornata che si apre, è una presa di coscienza quantica molto utile per vivere dal cuore, YO EXISTO y nada mas."

Si è alzato per avviarsi all'uscita, mi ha abbracciato forte forte e ci siamo salutati con risate infantili e con balletti spontanei.

In quell'istante il triangolo argentato della sua tuta spaziale è diventato uno schermo proiettante una puzzola scodinzolante. È scomparso dietro la sola nuvola del cielo sereno.

In qualche modo inizio a sentire quando arriva un ospite quantico, già dal pomeriggio avevo iniziato a percepire la visita che infatti, puntuale, si è realizzata poco prima della mezzanotte. È arrivato annunciato da un leggero suono di fisarmonica e quando si è avvicinato io ero già pronto per riceverlo, con gioia ed entusiasmo.

Canottiera rossa e pelo ovunque, ma ordinato, stonava col caldo il cappellino di lana ma a lui sembrava non importare, la fisarmonica a tracolla.

Ci siamo abbracciati con calore e si è sistemato sul divano, qualche chiacchiera sugli ultimi tempi terrestri (qualche consiglio su come gestire emozioni da pandemia) e poi, senza dire niente, ha iniziato a suonare la fisarmonica, chiedendomi con gli occhi di fare respiri profondi e stare concentrato sul suono che produceva. È stata un'esperienza…forte…durata quasi 10 dei nostri minuti, mi viene difficile descriverla, non era solo musica, era come se dal suo strumento uscisse un'onda di informazioni, era musica che sentivo con gli occhi e che gustavo in bocca, davvero strano.

Io sono rimasto incantato, bloccato da questa storia, lui mi ha sorriso e riponendo la fisarmonica a terra si è deciso a sorseggiare il mio the che intanto si era raffreddato, a lui sembrava non importasse.

140

Prima di farlo parlare gli ho chiesto se fosse davvero lì con me o se mi stessi immaginando tutto, mi ha risposto, gentile, così:

"Caro Leonardo, non è essenziale distinguere tra il reale e l'irreale, quanto sentire i suoi effetti sul proprio comportamento e punto di vista. Ti si aprono nuovi viali di percezione? Inizi a vedere una nuova geometria nei campi invisibili che ti circondano ogni momento? Ti senti maggiormente connesso al tuo più alto scopo? Questi sono i punti, è vero quello che ritieni vero e quello che ti può servire..."

Abbiamo fumato insieme ed io mi sono rilassato, pronto per ascoltare le sue parole quantiche:

"Voglio parlarti di arte e di musica, soprattutto. La musica ha sempre influenzato il vostro spirito. La musica è sempre stata in grado di raggiungere la parte più profonda di voi e toccare la vostra anima molto rapidamente, soprattutto se si tratta della vostra musica preferita. La musica è una forma di comunicazione che alla fine userete tanto quanto le parole, perché adesso le vibrazioni possono raggiungervi su livelli molto diversi. Attraverso la musica (e l'arte) si crea una risonanza sub-molecolare che riconfigura i modelli proteici quadri-dimensionali del cervello e del sistema nervoso umano."

Si è fermato per vedere se lo stessi seguendo comprendendo, un mio sorriso l'ha rasserenato ed ha proseguito:

"Vedi, in genere le opere d'arte non sono solo espressioni dello spirito che si mostra nella materia ma sono spesso opere codificate che by-passano la mente conscia, vale a dire che ci sono frequenze di luce e di suono intessute nella musica, nei dipinti, nelle poesie…. queste frequenze, di per se stesse, sono invisibili… si sentono con il cuore più che con il raziocinio della mente, queste frequenze di luce e suono influenzano il sistema talamo-corticale, e questo sistema – a sua volta – influenza la coscienza.

Quando queste opere vi entrano dentro creano una nuova prospettiva che, a sua volta, crea nuovi comportamenti. Ora, questi nuovi comportamenti si possono anche non notare nel breve periodo, ma ciò nonostante essi ridanno forma al sentiero di vita dell'individuo, danno la capacità di rimettere in circolo l'energia specifica della sua condizione di umano. Per ricevere bene dovete lasciare andare i punti di vista storici."

Ha fatto una pausa aspettandosi una mia osservazione: "Vuoi dire che la musica, l'arte in genere ci aiutano ad essere più consapevoli, più buoni?"

Mi ha risposto ridendo di gusto:

"Proprio così ma anche molto di più. All'inizio si possono incontrare delle difficoltà, poiché per adeguarsi alle nuove frequenze vengono "pulite" quelle vecchie, ma se si prosegue superando la "pulizia", si sarà ricompensati con un nuovo senso di equilibrio, un'espansione della coscienza e, soprattutto, con un flusso di nuovi pensieri provenienti dal flusso di dati sensorii …. diciamo…superiori. Questi nuovi pensieri producono nuove azioni creative e stringhe d'evento che conducono l'entità verso il suo scopo, che appare manifesto."

La mia reazione è stata un semplice wow seguito da un'altra domanda: "Lucio, qual è il modo migliore e più accessibile per ottenere e sperimentare questi poteri superiori? E con questo, non intendo affatto qualcosa di magico, un'intelligenza più fluida e cose simili, penso che tu abbia afferrato quello che voglio dire..."

Accendendosi un'altra sigaretta mi ha confidato:

"Mio ospitale amico, il modo migliore per assimilare queste informazioni quantiche è quello di allineare i tuoi obiettivi personali con gli obiettivi dell'universo. In altre parole, se focalizzi i tuoi sforzi nel trovare i flussi di dati sensorii che risuonano con la tua coscienza e ti guidano alla tua stessa maestria, questi medesimi flussi di dati illumineranno gli obiettivi universali che riguardano la specie di cui tu fai parte e il pianeta sul quale la tua specie vive. Una volta compreso questo, anche vagamente, puoi allineare il tuo sentiero personale con quello dell'universo. Quando lo fai, tu acceleri secondo una velocità ottimale per la tua coscienza, restando equilibrato."

La stringa di spazio-tempo di questa bella visita stava per esaurirsi, lui si è alzato dal divano, si è rimesso la fisarmonica a tracolla e mi ha salutato così:

"Grazie dell'ospitalità amico e dj quantico, tu e i tuoi amici scoprirete presto che i vostri gusti musicali cambieranno: scegliete quello che si adatta nel vostro mondo e rendetevi conto che non è più soltanto musica."

Ci siamo abbracciati, io lui e la fisarmonica un'unica cosa, è quindi arrivato un fischio potente, il segnale che l'incontro era terminato, prima di dissolversi i suoi occhi accesi mi hanno cantato due versi di "Henna", è l'amore che vi salverà…

E' arrivata senza preavviso, precisamente alle 17:17, ho sentito un leggero bussare alla porta, da dietro il vetro spesso ho intravisto la figura di una anziana signora, pensavo fosse la mia vecchietta vicina venuta a chiedermi notizie di Piciu, il suo gatto scomparso da giorni ed invece si è presentata lei, vestita di un pesante cappotto marrone scuro col collo di pelliccia, stridente nel caldo pomeriggio veronese (in questi mesi ho scoperto che gli ologrammi sono indenni alle temperature terrestri), guanti rosa di seta sopra i quali spiccava un grande anello d'argento con raffigurato (o così m'è parso) un elefante sorridente; non l'ho riconosciuta e si è presentata con una eleganza d'altri tempi:

"Buon pomeriggio mio caro amico quantico, sono Agatha Christie, sono venuta a trovarti per degustare il tuo rinomato the allo zenzero e per raccontarti una storia".

L'ho fatta accomodare al piccolo tavolo fintanto che preparavo il the scusandomi per i tempi lunghi, i suoi occhi gentili comprensivi e gentili mi hanno detto:

"Fai pure con calma, se non ti dispiace però accendi subito il registratore perché la storia che voglio raccontarti non sarà breve per cui, se non ti dispiace, inizierei subito".

145

Ho annuito e caricato una C-60 nel registratore posandolo sul tavolo mentre mi affaccendavo per la cerimonia del gusto piccante. Mi ha fatto una domanda che non mi aspettavo:

"Hai mai sentito la storia degli angeli caduti?"

"Sta parlando della ribellione di Lucifero?" (non mi veniva di darle del tu, non per soggezione ma per rispetto verso una gran dama)

"Sì. Questa storia è mal presentata nei testi biblici in quanto gli autori di quei testi non avevano una sufficiente comprensione della cosa per definirla in termini di cosmologia o di fisica. Dunque, inizio dal principio dei principi. La Sorgente Creativa, o quello che voi chiamate Dio, aveva progettato le forme superiori di vita e ciò includeva un'ampia gamma di esseri che operano nel mondo quantico e nelle membrane di realtà in esso presenti. Tra questi esseri ci sono quelli a cui si fa comunemente riferimento come agli angeli, che sono gli intermediari tra i veicoli dell'anima degli umanoidi e la stessa sorgente.

Nel regno angelico, vi erano alcuni angeli che credevano che la Sorgente Creativa controllasse troppo la struttura del veicolo dell'anima. Pensavano che si sarebbe dovuta creare una struttura che permettesse agli angeli di incarnarsi nella membrana di realtà della Terra e di altri pianeti portatori di vita. Ribadivano che la cosa sarebbe andata a favore di quei pianeti e della struttura fisica dell'universo in generale. La Sorgente Creativa, comunque, rifiutò questa proposta e un gruppo di ribelli si distaccò per progettare un veicolo dell'anima indipendente dalla stessa sorgente."

Riempiendo le tazze del the oramai pronto le ho chiesto:

"Aspetti un attimo Agatha. Sta dicendo che Lucifero guidò quella ribellione per creare un veicolo dell'anima che potesse ospitare lo spirito di un angelo e che i demoni ne furono quindi il risultato? "

Mi ha risposto lentamente, degustando, soddisfatta, senza togliersi i guanti di seta rosa, la mia bevanda speciale:

"La cosa è più complessa. Lucifero, o quello che poi verrà chiamato Lucifero, era un fedelissimo servitore della Sorgente Creativa. Fu uno dei precursori della specie angelica, con dei poteri che la sorgente poi ridusse nei prototipi successivi."

L'ho interrotta ancora:

"Sta dicendo che gli angeli furono creati... e che non possono riprodursi come gli umani?"

"È così. Lucifero aveva una personalità con un forte senso d'indipendenza dai suoi creatori, e aveva una ancor più forte sensazione che i suoi creatori fossero scorretti perché insistevano sul fatto che i veicoli umanoidi dell'anima ospitassero soltanto la coscienza senza-forma e non la forma angelica. Per Lucifero questo era una cosa impensabile, dato che la forma angelica era superiore per capacità e poteva essere di grande aiuto alle forme di vita fisiche sulla Terra e su altri pianeti portatori di vita.

Lucifero era sicuro che senza la collaborazione degli angeli gli umanoidi si sarebbero sempre più allontanati dal loro scopo in quanto esseri spirituali gettando l'universo nel disordine, cosa che alla fine avrebbe causato la distruzione sua e della vita presente in esso, compresi – naturalmente – gli angeli."

L'ho interrotta ancora ma d'altronde volevo seguire con attenzione il filo (logico?) di questa storia:

"Sta forse suggerendo che la ribellione di Lucifero fu solo per disaccordo su questo argomento?"

"Lucifero voleva incarnarsi in questa membrana di realtà come fanno gli umani. Voleva collaborare con l'umanità per garantirne l'ascesa. Per quanto la Sorgente Creativa potesse vedere la cosa come una nobile aspirazione, tuttavia temeva che le incarnazioni angeliche venissero considerate come Dèi dalle loro controparti umane e così, senza volerlo, fuorviassero gli umani invece di co-creare la scala verso lo stato di Dio.

Questo argomento suscitò un grandissimo dibattito, e alla fine si produsse una divisione tra il regno angelico e la Sorgente Creativa. I fedeli alla sorgente sostenevano che Lucifero e i suoi simpatizzanti dovessero essere banditi per le loro idee radicali, suscettibili di creare una perpetua divisione nella loro membrana di realtà e produrre profonde agitazioni. Lucifero, dopo aperte discussioni con la sorgente, negoziò un compromesso che avrebbe permesso a lui e al suo gruppo di simpatizzanti di provare il valore del suo piano su un solo pianeta."

"Sta dicendo che permisero a Lucifero sperimentare la sua teoria su un pianeta?"

"Sì. Ci sono sulla terra organizzazioni di potere religioso e politico che hanno nelle proprie mani tre antichi manoscritti che descrivono questa storia in forma allegorica, è una cronaca di questo evento cosmico molto dettagliata e precisa."

Per non farla divagare le ho chiesto ancora: "Quindi alla fine Lucifero fece questo... esperimento. Dove e con quale risultato?"

La sua risposta è arrivata sintetica e precisa:

"Questo pianeta si trova nella galassia che i vostri scienziati conoscono come M51."

"Allora sta dicendo dice che Lucifero e la sua congrega di amici hanno creato una razza diabolica come veicolo dell'anima per gli angeli?"

Mi ha risposto con un tono comprensivo, sempre molto elegante:

"È più complesso di così. Devi essere paziente. Siamo entrati in un ambito in cui la maggior parte delle persone non si sente a suo agio. Respira profondamente e concentrati bene mentre tento di spiegartelo. Dunque…

Lucifero creò una struttura fisica artificiale in grado di adattarsi alle esigenze quantiche di un angelo. Era una struttura molto efficace che tuttavia generava nella specie un senso di sopravvivenza talmente forte da sopraffare, infine, la tendenza angelica di altruismo e cooperazione.

Quando la coscienza senza-forma entra in una membrana di realtà attraverso una struttura come quella dello strumento umano, si sente immediatamente scollegata da tutte le altre forze, tranne che dalla sua. Viene letteralmente gettata nella separazione. Negli umani tutto ciò è più o meno controllato dall'impercettibile consapevolezza di essere connessi attraverso la forza d'unificazione, e questo perché il nostro DNA è progettato per emettere in modo subconscio questo senso di connessione.

Tuttavia, nel caso del veicolo dell'anima progettato da Lucifero e dai suoi seguaci questa connessione era recisa sia a livello cosciente che subcosciente perché la loro struttura non si basava sul DNA, che è sotto lo stretto controllo della Sorgente Creativa. Di conseguenza, ciò diede a questa specie sperimentale un forte istinto di sopravvivenza data da una profonda paura di estinzione, prodotta dal senso di totale separazione dalla forza d'unificazione. L'istinto di sopravvivenza creò una specie che sovra-compensò la sua paura di estinguersi sviluppando una potente mente di gruppo.

La mente di gruppo compensava la perdita di connessione alla forza d'unificazione, con corollari fisici e mentali conseguenti. Del resto, Lucifero si era affezionato alla specie che aveva aiutato a formarsi. Questi esseri angelici nel corso di numerose generazioni avevano cominciato a sviluppare una serie di tecnologie, una cultura e un'organizzazione sociale molto raffinata. Per Lucifero era, per molti versi, come una grande famiglia. Pertanto, negoziò una modificazione così che la sua creazione non si conformasse più alla vibrazione o struttura quantica angelica e potesse auto-animarsi."

Stavo facendo fatica a seguirla con attenzione, mi sono però impegnato con una domanda per cercare di capire meglio: "Che cosa intende con "auto-animarsi"?"

Anche in questo caso la sua risposta è stata secca e precisa:

"Sarebbero diventati degli androidi privi di anima."

Cercavo di capire e le ho espresso i miei dubbi:

"A me sembra che abbia poco senso. Perché mai Dio, o la Sorgente Creativa, avrebbe dovuto permettere a Lucifero di creare una razza di androidi? Non sapevano che quegli esseri sarebbero diventati il flagello del nostro universo?"

Mi ha risposto sorridendo versandosi l'ultima goccia di the:

"Sì, certo che lo sapevano. Ma Dio non progetta qualcosa di così complesso come il multiverso per poi controllare come ogni singola cosa funziona. Dio orchestra il modo in cui le dinamiche del multiverso si uniscono a formare un flusso unificato e coerente di dati che possa dare forma alla successiva evoluzione del multiverso. La maggior parte delle persone pensa che un Dio onnipotente dovrebbe bandire una specie non amorevole, ma non funziona così, perché il lato oscuro della predazione innesca nuove risorse e innovazioni nella preda designata."

Mi è scappata una osservazione rassegnata: "E noi siamo la preda."

"Non solo voi, ma la specie umanoide nel suo insieme. Ripeto, non si tratta del male contrapposto al bene. Questi esseri non si considerano malvagi nell'invadere un pianeta. Dal loro punto di vista, stanno semplicemente attuando il loro piano per riconnettersi al proprio senso di individualità e diventare – per quanto possa sembrare strano – più spirituali."

Ho controllato l'orologio umano e ho visto che il tempo correva veloce, volevo sapere come finiva la storia, se fosse finita, almeno, così le ho chiesto: "E poi, cos'è successo a Lucifero e al suo progetto?"

"Lucifero sta benissimo ed è totalmente integrato nella sua specie come membro di altissimo livello."

"Comunque, tanto per essere chiari, stiamo parlando di Satana, vero?"

"I teologi si sono ritrovati con un arazzo sbrindellato di miti e leggende sul quale, nel corso del tempo, hanno inserito le loro interpretazioni. Quello che ci resta è poco più dell'immaginazione di migliaia di voci che, non si sa come, è andato definendosi come dato di fatto.

Satana, come lo pensate voi non è mai esistito. Non esiste una controparte di Dio. Dio abbraccia tutte le dinamiche. Non ha nessuna polarità che sia al di là della sua portata, o personalità esterna a sé.

Ho descritto la storia di Lucifero – al livello più elevato – a tuo beneficio personale. Presumo che tu possa vedere alcune somiglianze con la versione della ribellione di Lucifero descritta nella Bibbia, ma, sono certo che lo vorrai ammettere, una tale correlazione è nella migliore delle ipotesi, molto carente."

Io sono rimasto in silenzio nel mentre lei si accingeva a rimettersi il cappotto per andare verso la porta, non sono riuscite a chiederle nient'altro. Sull'uscio ho fatto la mossa per abbracciarla, lei mi ha accolto sorridente, stampandomi un elegante bacetto sulla guancia. Non ha fatto altri commenti ed è uscita camminando piano e leggera sulla strada accaldata sistemandosi il collo di pelliccia con un gesto elegante di altri tempi. O di altri mondi.

L'ho sentito arrivare ben prima del suo arrivo, ne avevo sentore già dal pomeriggio, mi ero quindi ben preparato: la scorta di zenzero rimpinguata, bollitore, tazze e teiera già pronte sul tavolo apparecchiato per questo rito del gusto così apprezzato nei mondi paralleli. Non mi sbagliavo. Subito dopo cena si è presentato alla porta con la sua figura allampanata, vestito con un paio di bermuda beige e una t-shirt azzurra sdrucita dell'università di Berkeley. Canticchiava una canzone dei Pearl Jam che diceva "Hey, I, oh, I'm still alive".

Non c'è stato bisogno di presentazioni vocali, l'ho invitato ad entrare che eravamo già in confidenza. Il suo eloquio era timido, molto dolce:

"Caro Leonardo, innanzitutto grazie per la tua gentile accoglienza, the e sigarette, ok? Vorrei parlarti dei programmi di controllo che vi tengono palesemente soggiogati e darti qualche suggerimento su come smantellarli."

Gli ho versato il the fumante e gli ho acceso una camel light, l'ha aspirata con evidente soddisfazione ed io mi sono messo in modalità d'ascolto sereno e concentrato.

È partito subito molto diretto:

154

BURATTINI

"Voi siete, nel vero senso del termine, burattini di due manovratori invisibili: l'inconscio collettivo e il subconscio personale. In questi due strati invisibili, atteggiamenti e predisposizioni vengono coltivati originando dei comportamenti. Ti faccio l'esempio della schiavitù, l'idea che gli umani possano essere di proprietà di altri umani si basa sull'esperienza inconscia collettiva di quando foste creati come schiavi degli "dèi" prima della grande alluvione. Questo fu il vostro inizio umano. E a motivo di ciò, potete razionalmente accettare di schiavizzare altri, che si tratti di un animale, di un raccoglitore di colore o di schiavitù sessuale.

Questo si mantiene vero attraverso il prisma umano della disfunzione... e la schiavitù animale o umana è soltanto un esempio".

Con questo esempio della schiavitù mi ha sorpreso, stavo per interromperlo con una domanda sciocca ma lui con un piccolo cenno della mano mi ha fatto intendere che avrebbe preferito continuare, così ho frenato la lingua.

MANIPOLATI

"Le vostre menti sono un po' come la tastiera di un computer sulla quale mani invisibili digitano a vostra insaputa scrivendo programmi comportamentali da seguire. Voi siete manipolati, e ciò viene fatto anche a livello globale con effetti ben più nocivi. Programmi che vengono distribuiti per mantenervi focalizzati sulla mitologia della vita che dovreste realizzare, come l'aver paura delle persone che sono diverse da voi o farvi accettare il controllo sui vostri testi privati o sui vostri movimenti al fine di rimanere "al sicuro". Così i programmi sono le dita sulla tastiera che voi siete. Voi siete diventati le estensioni dei programmatori.

Dovete riconoscere che questo è ciò che sta avvenendo e imparare a scollegarvene, per non essere posseduti dal programma o dai programmatori o dal gruppo dirigente che sta dietro ai programmatori. Quando pensate alla libertà, è così che dovrebbe essere. L'altro tipo di libertà, quella messa a disposizione dai politici, è una grandiosa illusione. È una realtà programmata di obbedienza travestita da sicurezza e adattamento.

Te lo ripeto ben chiaro: questi programmi che stanno girando nella vostra mente sono delle imposture. È una burattinata e nulla più. La vita segue dei pensieri che sono il frutto di programmi invisibili. Per ciò che riguarda invece la vita spirituale, si focalizza a vivere fuori dai programmi, ma per farlo dovete essere consapevoli della programmazione… o delle mani invisibili che digitano sulla vostra tastiera".

COME SGANCIARSI DAI PROGRAMMI

Tutto quello che stava dicendo era per me chiaro e lucido, ascoltavo annuendo con la testa, ho approfittato di una pausa di sorseggio chiedendogli come si potesse fare per smantellare questi programmi di controllo e mettergliela in culo alla cricca di programmatori e relativi dirigenti, mi ha risposto continuando con il suo tono aggraziato, senza accenni di umana ribellione:

"Se non riuscite a vedere questi schemi, allora dovete sedervi in silenzio ed entrare in un reale stato contemplativo – non su Dio, o lo spirito, o la luce bianca, o sul nulla, o anche sull'amore. Ponete onestamente la vostra attenzione sui programmi che stanno girando nei vostri comportamenti, atteggiamenti, percezioni e pregiudizi. Valutateli per vedere se questi realmente riflettano voi."

Dopo un brevissimo sospiro pieno di compassione ha proseguito:

"Non è semplice sganciarsi da questi programmi. Una delle modalità più efficaci è studiare i programmi che stanno girando, conoscere le mitologie dominanti nella vostra realtà e poi praticare il discernimento in ogni cosa in cui si investe il proprio tempo ed energia. Dentro il vostro silenzio scoprirete una nuova mitologia che ha all'interno una costellazione di verità. Alcuni la vedranno o la percepiranno, altri no. Quelli che la vedono inizieranno ad applicare questo sistema di verità, non come una ripetizione di conoscenza ma come comportamenti e atteggiamenti. Questo è il metodo per scollegarsi dalla programmazione.

Una volta che sarete meno immersi nella natura programmata della vostra realtà dominante, potrete iniziare a ri-creare il vostro universo locale, è lì che esiste la vita spirituale. Non è nei libri o nei mantra, nei video o nei guru o nelle cerimonie religiose, anche se è allettante guardare lì… Non riguarda gli elementi di amore e pace. Non è che questi non abbiano un ruolo o un valore, piuttosto non sono le fondamenta di una vita spirituale. Queste fondamenta sono il ri-creare il vostro universo locale attraverso i comportamenti virtuosi e trasformativi, usare la vostra facoltà immaginativa e il vostro discernimento per sganciarvi dalla programmazione. E rimanerne sganciati".

Le sue ultime parole sono state accompagnate da un tono definitivo, che non richiamava repliche o altre domande, Steve era sereno e alquanto rilassato, sembrava non avesse voglia di andarsene anche se il tempo lineare correva verso la sua scadenza olografica.

Abbiamo continuato a chiacchierare per qualche altro minuto, ha risposto con gentilezza ad alcune mie curiosità riguardante altri mondi, ero felice che apprezzasse la mia compagnia, fosse stato per noi avremmo potuto continuare a raccontarcela ancora per molto.

Abbiamo però udito una specie di fischio di richiamo che lo richiamava su, prima di uscire mi ha abbracciato fortissimo, realmente contento di questa visita quantica e mi ha lasciato con delle parole che mi sono arrivate al cuore come una cartolina postale piena di poesia:

'L'INQUINAMENTO LUMINOSO'

"Chiunque viva in una grande città sa che è difficile vedere le stelle di notte perché l'inquinamento luminoso della città attenua il contrasto e ciò rende difficile, se non impossibile, vedere le costellazioni. Le vecchie mitologie e i programmi attuali sono come grandi città: producono una forma di "inquinamento luminoso" che rende difficile vedere le costellazioni della verità.

Alla sorgente della vita spirituale vi è il viaggio di allontanamento dall'inquinamento luminoso dei vecchi miti e dei nuovi programmi al fine di contemplare il "cielo". Spesso questo è il primo segno a indicare che una persona si sta preparando a intraprendere la vita spirituale. Talvolta questa è inconsapevole, ma l'universo sembra attirarla fuori dalla grande città verso dove poter vedere il cielo e leggerne i segni.

È bello guardare il cielo quando ci si trova in una landa incontaminata."

Sono rimasto a bocca aperta sull'uscio, salutandolo mentre ripartiva su un lampo. D'improvviso i lampioni sulla strada si sono spenti, ho alzato gli occhi al cielo e sono rimasto immerso nel buio totale, estasiato per molti minuti, era un cielo nuovo come non l'avevo mai visto prima. Eppure era lo stesso cielo di prima.

Sono rientrato in casa molto emozionato, per non scordare questa sensazione ho preso il grande pennarello nero indelebile ed ho scritto sulla porta del frigo GUARDARE IL CIELO DA UNA LANDA INCONTAMINATA, SENZA LUCI.

Si è presentato sull'uscio di casa di mattina, poco dopo le 10, inaspettato, vestito con un paio di pantaloni di fustagno marroni ed una camicia di flanella a quadri rossi e blu, si aiutava i passi con un bastone di legno grezzo, pareva un grosso ramo intagliato che aveva piccole incisioni che non decifravo. Il suo viso era luminoso e sorridente (ho notato che era senza denti), lo sguardo buono e impertinente, per nulla turbato dal mio stupore si è accomodato sul divano chiedendomi se potevo preparargli il mio the allo zenzero, lo avrebbe gradito forte e amaro.

L'ho accolto con calore, sistemandogli uno sgabello sotto i piedi, così poteva starsene comodo a chiacchierare. Io mi sono fatto coraggio, sbrigando l'incombenza ospitale, e gli ho chiesto qualcosa a proposito della sua misteriosa dipartita terrena: è stato un veleno, sono stati i massoni, i banchieri dello IOR, le invidie conservatrici?

Mi ha risposto leggermente stizzito chiudendo la storia con una affermazione perentoria: "Inezie. Quisquiglie. Dettagli. Distrazioni."

Mi sono ricacciato altre domande fisiche in gola e l'ho lasciato tranquillo a sorseggiare il the oramai pronto e fumante, sembrava un vecchio zio di montagna sceso in città per fare provviste, è stato allora che mi ha detto:

160

"Mio giovane (?!) amico, sono venuto semplicemente a fare qualche chiacchiera amichevole, non ho grandi messaggi da portarti, parliamo di religione, ti va?"

Senza aspettare una mia risposta, o un cenno, ha iniziato a parlare con voce tranquilla:

"Caro il mio Leonardino, la vita spirituale non è la vita di comunità com'era una volta. I sentieri spirituali stanno diventando più numerosi e anche le religioni più grandi e consolidate stanno frantumandosi in sette più piccole. E poi con l'emergere dei sistemi di credenza New Age, la vita spirituale si presenta quanto mai diversificata. La frequenza di separazione che, in larga misura, definisce la vita umana è ben viva nelle religioni e nei settori spirituali delle vostre vite. Il paradosso è che la vita spirituale dovrebbe essere una vita di totalità e connessione; una vita dotata sia di accoglienza che dell'espressione dell'amore incondizionato. Tuttavia, non è così che si esprime nel mondo reale".

"Perché è così?", gli ho chiesto interessato all'argomento proposto, mi ha prontamente risposto:

"Forse, se da una parte sta dominando una mitologia (il monoteismo), dall'altra un nuovo sfidante (il secolarismo) e l'ascesa della scienza hanno imposto alle religioni di adattarsi trincerandosi a difesa del loro ruolo nella società, coinvolgendo i loro leader e accoliti, dando la sensazione di tradizione collaudata a coloro che ricercano sostegno spirituale.

Un'altra risposta è che la separazione è "integrata". La separazione è una parte congenita della religione per via della natura competitiva della costruzione di una qualsiasi organizzazione. Si costruisce la propria religione e nel contempo si guardano dall'alto al basso le visioni religiose, le pratiche e le tradizioni del proprio concorrente. Questo è ciò che avviene negli affari e la religione è, dopotutto, un affare. Cerca di crescere e prosperare.

LA CONFORMITA' E IL CONTROLLO

Vi è inoltre la questione della conformità. I membri di una religione devono conformarsi ai principi della loro religione oppure soffrirne le conseguenze. In molte religioni, questo è chiamato "peccato" o "trasgressione morale". Le religioni hanno leggi e morali, e al seguace viene chiesto di seguire queste leggi morali. Il non seguirle, a seconda della religione, è estremamente spiacevole. Di solito, si tratta della dannazione eterna e del fuoco dell'inferno. Si chiede agli adepti di conformarsi alle leggi, le regole, le scritture e la cultura del sentiero, diversamente ne dovrà sopportare le conseguenze. Se si conformano vengono accettati, se non si conformano sono dei peccatori o dei trasgressori. Questa è una chiara espressione di separazione: conformarsi o essere respinti; salvati o non salvati, liberati o imprigionati.

E poi c'è il controllo, se ci pensate, il controllo è un prodotto della frequenza di separazione: pochi esercitano il potere su molti. Si tratta, in un certo senso, della conformità sociologica, dove si gareggia per il potere sociale e politico al fine di preservare se stessa contro i suoi "concorrenti". Comunque, anche all'interno di queste comunità di condivisione vi è divisione, e solitamente questa divisione deriva dalla percezione di una mancata condivisione del potere.

In questo pantano religioso, il ricercatore spirituale viene alimentato con parole, significati, nomi, tradizioni, cerimonie e con i miti di un sentiero dove gli viene chiesto di credere, assimilare e praticare, dedicare tempo e denaro. Non è cosa da poco diventare membro di una religione o di un sentiero spirituale, è invece un'impresa seria e costosa."

Ha terminato l'ultimo frase con un sorriso beffardo, ho approfittato di un suo prolungato sorseggio per provocarlo: "Ho capito tutto Albi, le religioni separano, ma cosa mi dici della chiesa cattolica che tu hai guidato seppur per pochi giorni? Anche lì soldi e potere?"

Ignorando la mia provocazione mi ha risposto con il tono di un vecchio e simpatico professore di teologia:

"Nel cristianesimo ci sono circa 33.000 distinte denominazioni, e tutte si basano sullo stesso libro. Che cosa ti dice questo? Che cosa ha fatto sì che 33.000 diversi approcci, che si fondano sulle medesime parole, abbiano messo radici? È l'interpretazione umana? L'ego? Il denaro? Il potere? L'aumento della popolazione? La mancata condivisione del potere? Le differenze culturali? La geografia?

La cosa è simile al prendere un bellissimo vaso e farlo cadere su un pavimento di marmo frammentandolo in mille pezzi. Ognuno di questi frammenti incarna la frequenza di separazione, mentre la vera funzione del vaso viene distrutta insieme al suo valore estetico e culturale.

Quando il ricercatore osserva tutti quei frammenti e cerca di valutare cosa sia meglio per essi, non vede più il vaso né la sua reale funzione. Solitamente gli viene ricordato che un pezzo è una scelta dei suoi genitori o della famiglia, e con questa scelta emerge un naturale stato di comfort. Venite iniziati alla religione della vostra famiglia senza comprendere il "vaso" mitologico o la sua vera funzione."

Mi sono intromesso: "Hai ragione Albi sul condizionamento del clan familiare ma molte volte l'indottrinamento religioso avuto nell'infanzia svanisce nell'età adulta, sono in tanti che abbandonano queste tradizioni spirituali ed iniziano ad iniziano a esplorare altri concetti."

"Forse hanno visto troppa ipocrisia nel loro frammento religioso o forse quella vita spirituale mancava di un certo pragmatismo. Quale che sia la ragione, tornano a cercare e, di solito, questo prevede di leggere. Nel mondo di oggi la vostra rete primitiva (internet) fornisce a un ricercatore una quantità incredibilmente diversa di materiale da studiare. Internet è l'esempio perfetto della separazione dove, in questo caso, i frammenti del vaso superano il miliardo: tale era il numero di siti sulla vostra rete qualche anno fa. Quanti di questi siti erano dedicati alle religioni o a contenuti spirituali è difficile da accertare, ma possiamo dire con sicurezza che superano di molto il milione. Già questo semplice numero di scelte è sbalorditivo. Ciò pone il ricercatore a chiedersi chi ha ragione, oppure quale sentiero mi porterà alla verità, o ancora ma la verità di chi? La verità, come la bellezza, è soggettiva e sta nell'occhio di chi guarda. Le verità assolute e altisonanti abbondano nei testi religiosi, ma la verità – se veramente è ciò che si sta cercando – è celata. È sempre stata celata. Di fatto, è celata da così tanto tempo da non essere neppure nascosta ma, piuttosto, ignorata e inesplorata.

Quando qualcosa viene sostenuto come "verità" da una fonte affidabile come una religione, se non si è d'accordo con essa si è etichettati come bugiardi, peccatori, trasgressori, malvagi, posseduti, terroristi sociali, ignoranti... la lista è lunghissima. È questo che, precisamente, rende il mito potente. Ricordate Giordano Bruno? Copernico? Martin Lutero? Il sentiero spirituale vi chiede di sfidare i vecchi miti."

Sembrava che il tempo si fosse fermato, se ne stava comodo sul divano, la tazza sempre in mano e allora mi sono fatto un po' sfrontato:

"Condivido in pieno la tua disanima sulle religioni ma ho tanti amici che si stanno impegnando in percorsi spirituali diversi, stanno cercando l'illuminazione, hai qualche cosa da suggerire loro?"

"Anche la più vivida esperienza di illuminazione con il tempo svanisce. Spesso svanisce a favore delle realtà che costituiscono la vostra vita quotidiana. Un momento, minuto, ora e giorno potente. Non più a lungo di tanto e poi le sensazioni svaniscono, sia che provengano dal mondo fisico o dal mondo psichico. La vita spirituale non è fatta di sensazioni piacevoli o sublimi, è invece una vita di costante curiosità e discernimento. Talvolta le persone confondono la vita spirituale con concetti come sollievo, beatitudine, pace e amore. Dopotutto, guru e maestri sono stati rappresentati in uno stato di beatitudine e serenità. Tuttavia, se il mondo è una "prigione" progettata e la mitologia che viene insegnata a tutti i vostri esseri compagni ignora questa "realtà" fondamentale, come può la beatitudine essere un'opzione?

È più importante che le porte della prigione vengano aperte e che la mitologia venga allo scoperto; che le persone attivino il loro cuore energetico e lo trasmettano liberamente, che il programma venga rivelato così che la vostra essità, quella parte di voi che ispira all'unità e all'uguaglianza, possa entrare nelle vostre vite e assicurarsi un suo posto come valore fondamentale."

Detto ciò si è alzato di scatto, come un giovanotto, e si è diretto verso la porta, all'improvviso trafelato, come uno che si ricorda all'ultimo di dover prendere un treno, dimenticandosi perfino il suo bastone di legno grezzo. Ci siamo salutati con un abbraccio tenero e lungo e gli ho chiesto un consiglio:

"Grazie Albi per la tua visita inaspettata e della bella chiacchierata, ma permettimi un'ultima domanda: cosa dobbiamo fare se vogliamo seguire un percorso spirituale vero, lontano dalle religioni organizzate?"

Mi ha risposto con un sorriso aperto:

"Sospendete il credere a favore del praticare comportamenti virtuosi che provengono da fuori della matrice programmata".

Mi ha fatto un occhiolino complice e si è dissolto nell'aria fresca della mattinata avanzata che prometteva pioggia buona.

Rientrando in caso ho visto a fianco del divano il bastone di legno grezzo che aveva lasciato lì, l'ho preso in mano e con mia grande sorpresa ho letto una lunga incisione di caratteri minimi fatta probabilmente con un piccolo coltellino "Per Leonardo, un aiuto per il tuo percorso spirituale accidentato".

Nella stanza l'odore buono del fieno appena tagliato.

Mamma mia! Che spavento! Pochi minuti alla mezzanotte quando ho iniziato a sentire un sibilo nel cuore, inquietante e inspiegabile, il sibilo si è poi trasformato in una voce flebile, terrifica, da sotto la finestra riuscivo a udire, come sotto a una sottile cucitura ondulata, qualcosa come "il mattino ha l'oro in bocca…il mattino ha l'oro in bocca…"

Prendendo coraggio sono uscito a vedere chi o cosa fosse la voce sibilante quando, all'improvviso, mi è balzato davanti con un grido stridulo: "Surprise! Giovanotto, un the anche per me!" Si è messo a ridere a squarciagola, felice dello scherzo riuscito, ed è entrato in casa con sicurezza. Aveva un aspetto sghiandato: era basso, tarchiato, lunghi capelli grigi aggrovigliati sulle spalle ed una barba incolta da una eternità, la figura di un bandito terrone di duecento anni fa ma senza mantello, vestito come un rappresentante yankee in vacanza. Non l'ho riconosciuto fino a che ho messo a fuoco il suo sguardo ghignante…ma si…proprio lui…. Stanley Kubrick a casa mia…

Superato lo shock mi sono messo amabilmente a parlare del più e del meno, anche con lui non sono riuscito a trattenere la curiosità pur sapendo che avrebbe potuto dargli fastidio la domanda personale:

"Stan, ma com'è andata la storia del tuo film del finto allunaggio?"

168

Mi ha risposto inaspettatamente gentile, noncurante:

"Io delle riprese le ho fatte per davvero, a Londra negli studios vicino al Tamigi, i gringos pagano bene, solo che non le hanno mai usate."

"Ma allora, sono andati o no sulla Luna?"

Si è fatto una sonora risata, sguaiata, e mi ha detto: "Parliamo di robe serie, suvvia... Che ne dici di un tema sempre interessante come il mistero mai risolto del bene e del male?"

Non ho usato parole per dargli il via, ho solamente pensato che sarebbe stata una figata farmi una surfata quantica sull'onda alta del suo eloquio, mi sono accomodato sul divano, cicche e bevanda, come per vedere un film, e che film!

"Allora mio bell'amico quantico pulitino e ordinato, questa cosa del bene e del male ha a che fare con gli universi esterni in espansione, cerco di spiegarmi bene.

Al fine di espandere e, infine, sostenere le diverse forme di vita, l'universo necessita di un sistema incommensurabilmente complesso di principi e regole correlate. Più il sistema è complesso, più i suoi poli d'interazione sono dinamici. Pensa alla cosa come a un diamante grezzo. Se in una stanza buia viene colpito da un raggio di luce emette solo un opaco bagliore; ma se viene sfaccettato e lo si rende più complesso, irraggia la luce sulle pareti della stanza secondo uno schema radiante.

La complessità funziona in modo simile anche con la coscienza; sfaccetta l'esperienza umana e irraggia la luce della coscienza sulle pareti dell'esperienza, comprese stupidità, ignoranza, cattiveria, bellezza, bontà, e ogni altra possibile condizione dell'esperienza umana. La coscienza senza-forma non è stupida quando sceglie di sperimentare qualcosa che voi potreste considerare difficile o noioso. Sta semplicemente riconoscendo che la membrana di realtà della Terra lo richiede. Nessuno può vivere in questa membrana di realtà e non essere toccato dalle dinamiche dell'esperienza umana".

L'esempio del diamante l'avevo ben compreso e l'ho incalzato, veemente, coinvolto:

"Vuoi dire che tutti sulla Terra ci spartiamo bene e male, benessere e sofferenza? C'entra qualcosa il karma?"

Mi ha risposto cercando di nascondere un gesto di stizza e mi ha sistemato:

"Lascia perdere il karma, è un software che ha ben funzionato nella vostra fase basilare di sopravvivenza ma adesso è possibile eluderlo… ma non farmi divagare. Per rispondere alla tua domanda sarò preciso: no! Nessuno sul vostro pianeta è esentato da difficoltà o sofferenza. Forse questo prova che ciascuno di voi ha preso delle decisioni stupide? No, prova soltanto che vivete in un mondo complesso... questo e null'altro.

La coscienza senza-forma osserva le tribolazioni e le comodità nello stesso modo in cui tu guarderesti il polo positivo e negativo di una batteria. Con relativa indifferenza, direi."

Si è fatto interrompere per accendersi un sigaro puzzolente:

"Non c'è alcuna differenza fra il bene ed il male? È questo che stai dicendo? Nessuna differenza sull'essere un Einstein o un Hitler?"

Sbuffando fumo soddisfatto:

"La scelta non è tra essere malvagio o maligno, o scegliere un percorso di vita atrocemente difficile per sé e gli altri. No! Nel caso di Einstein, egli scelse di contribuire alle conoscenze dell'umanità in modo tale da permettere la creazione di armi nucleari. Nella coscienza senza-forma di questi individui – precedentemente alla loro più recente incarnazione – non fu scelto di procurar danno o aiutare l'umanità. Fecero la scelta di sperimentare gli aspetti di questa membrana di realtà che avrebbero contribuito alla loro comprensione personale.

Dio, operando attraverso la sua forza d'unificazione, orchestra il rimescolamento della vita al fine di produrre trasformazione nell'universo. Dio è simile a un alchimista cosmico che trasforma gli interessi egoistici di uno nelle condizioni trasformative di molti."

Mi è venuto da pensare strano, una immagine di Dio alchimista che sistema le nostre puttanate e le trasforma in buone azioni... mi ha letto nel pensiero strappandomi la domanda verbale:

"Io non sto dicendo che Dio sistema i vostri pasticci e grossolani errori. Sto dicendo che i vostri pasticci ed errori non sono pasticci ed errori. Ripeto, vivete in un sistema complesso di membrane di realtà interdipendenti. Puoi pensare a queste membrane come alle squame della pelle di un serpente, dove il serpente raffigura la coscienza collettiva umana. Ogni squama protegge l'anima umana e, nell'insieme, la spinge attraverso il suo ambiente... in questo caso, il multiverso. Gli errori grossolani che individualmente e collettivamente fate contribuiscono all'esistenza del multiverso tanto quanto gli atti nobili".

Cercavo chiarezza: "Vediamo se ho capito bene. Stai dicendo che i nostri errori, sia individuali sia come specie, fanno sì che noi si possa esistere e quindi non sono errori?"

La sua risposta è stata paziente:

"Come ti ho detto prima, i sistemi complessi richiedono una gamma quasi infinita di dinamiche a sostegno del sistema. La vostra membrana di realtà si adatta alla complessità del vostro universo, che a sua volta ha creato l'ambiente della Terra e le sue varie forme di vita. Sì, i vostri errori, la vostra individualità, sono una parte fondamentale della capacità che avete come specie di autosostenervi di fronte alla struttura complessa e interconnessa del mondo quantico e cosmico.

Le motivazioni egoistiche raccolgono l'esperienza che sfaccetta la vostra coscienza, e a loro volta sono raccolte dalla forza d'unificazione e utilizzate per trasformare le membrane di realtà in passaggi attraverso i quali la specie può ritornare allo stato di Dio. In questo processo, gli errori hanno il loro peso quanto i contributi non egoistici. Nulla va perso."

L'ORIGINE DEL CONCETTO DI MALE

Nel frattempo aveva terminato la sua parte di the e spento il sigaraccio, l'ho sollecitato con una domanda che avrebbe fatto ognuno di voi: "Ma se non esiste un'origine del male, perché ve n'è in così tale abbondanza? Come si può definire il terrorismo, la schiavitù o una qualunque forza predatrice del genere umano se non come male?"

Prima di rispondermi ha preso un lungo fiato e la sua voce è cambiata, quasi plastificata, come uscisse da un megafono giocattolo:

"Se si guardano film come Guerre Stellari o Star Trek, sembra che gli extraterrestri popolino ogni sistema planetario della galassia e oltre. Tuttavia, non è vero. Il vostro pianeta è una combinazione estremamente rara di animali e organismi. L'universo che racchiude la vostra membrana di realtà fisica è, di fatto, ostile alla vita... a livelli massimi. Eppure la vita è, in un modo o nell'altro, emersa sul vostro pianeta dalla profondità degli oceani...

La biblioteca genetica che prospera sulla Terra è una forma di valuta che non ha controparte. Tutto quello che posso dire è che il suo valore supera di gran lunga qualunque idea un umano possa immaginare. E dato questo incredibile valore, il vostro pianeta attira gli interessi di un'ampia gamma di razze extraterrestri. E questo è vero oggi come lo era migliaia di anni fa o centinaia di migliaia di anni fa."

Cercavo di capire dove volesse andare a parare con questa storia degli extraterrestri tirata fuori a sorpresa, non riuscivo a intravedere un nesso con quello di cui stavamo discorrendo: "Cosa c'entrano gli ET con questa storia del male?"

Ha continuato come se non mi avesse sentito:

"Gli oggetti di inestimabile valore o rarità, come la Terra, attirano esseri da fuori il vostro sistema planetario che desiderano averne il controllo, e questo rende la Terra un inestimabile oggetto d'attrazione. È proprio questa attrazione ad aver prodotto il concetto di male nella vostra psiche. Degli ET aggressivi, nel tentativo di appropriarsi – letteralmente – della Terra, hanno visitato il vostro pianeta all'incirca undicimila anni fa. Questi ET portarono la loro genetica nel vostro DNA originario e, così facendo, hanno modificato il DNA umano aggiungendo un impulso più aggressivo o dispotico alla vostra personalità. Questa predisposizione ha diviso la specie umana in conquistatori e conquistati."

"Non ho capito. Stai dicendo che degli ET hanno fecondato migliaia di persone della nostra popolazione nativa con un gene aggressivo che ha prodotto il male nella nostra coscienza?"

"In un certo qual modo. Questi ET non erano diversi come forma fisica dagli umani nativi, ed erano da loro trattati come Dei per via delle loro tecnologie e capacità superiori. Era considerato un grande onore avere rapporti con questi esseri, ma solo pochi vennero selezionati………Ma questa è un'altra storia che non ho voglia di raccontarti."

Si è alzato ed è uscito senza dire altro, neppure un saluto, un cenno con la mano. Sono rimasto seduto sulla sedia, dondolando, cercando di riprendermi, come quando la fine di film ti lascia molte domande e poche certezze.

Non so quanto tempo sono rimasto così, ricordo solo che prima di coricarmi ho aperto le finestre per far girare aria.

Un incontro privato. Era primo pomeriggio nella mia residenza di campagna, appuntamento con Edo per un caffè e chiacchiere quantiche di aggiornamento, abbiamo parlato anche dei the allo zenzero, considerazioni stimolanti.

Appena Edo è uscito ho sentito suonare il campanello, ho solo pensato fosse sempre il primogenito della mia gemella che si era dimenticato qualcosa... Ed invece era Sergio Zavoli; mi ha chiesto gentilmente di entrare con la solita, comunque bella, richiesta del the piccante, non mi soffermo a raccontarvi dei suoi elogi perché mi ritengo umile.

L'incontro è stato personale, ci siamo raccontati un sacco di cose, lui ha fatto più domande di me, un bel rimbalzo colloquiale.

Ho comunque registrato e riascoltando la cassetta, ho ricordato questo passaggio riferito al tema dei mass media e della comunicazione in generale, mi sembra sia un punto di vista molto originale, responsabilizzante, meritevole di farvene lettura: il maestro del giornalismo italiano ha detto che SONO LE SCUOLE, LE UNIVERSITA', CHE DEVONO GESTIRE LA COMUNICAZIONE, nei sistemi planetari più evoluti funziona così.

Pubblico quindi questo stralcio di colloquio riportato alla lettera:

I MEDIA

"...... È più come se nei mezzi di comunicazione tutti manipolano le informazioni e le comunicazioni. Fa parte del gioco che la gente si rivolga ai media per avere le loro risposte e i media sanno benissimo che la gente è ignorante – sufficientemente ignorante da non avere la capacità di discernere l'incompletezza delle informazioni che passano ai loro utenti.

Le informazioni sono incomplete, e questo getta la gente nell'ignoranza favorendone la manipolazione. Ma sono le persone a essere responsabili di questo stato di cose perché non chiedono ai loro centri d'istruzione di assicurarsi che le informazioni siano chiare e complete e che siano diffuse pubblicamente e correttamente a tutti."

"Scusami Sergio, stai dicendo che debbano essere le nostre scuole e università a gestire queste informazioni e non i media?"

"In un mondo ideale, sì. È così che in altri pianeti più evoluti hanno progettato le loro strutture di informazioni. I centri d'istruzione gestiscono la diffusione delle informazioni attraverso un sistema collettivo e razionale di giornalismo. I giornalisti sono degli specialisti che spaziano nelle discipline della teologia, delle arti e delle scienze, della politica, dell'economia e della tecnologia. Questi giornalisti documentano il meglio di ogni singola disciplina e ne diffondono apertamente le informazioni. Nulla viene escluso. La ricerca è meticolosa e del tutto svincolata dall'influenza politica."

"Mio caro maestro e ora amico, hai detto bene: in un mondo ideale; la percezione che abbiamo qui adesso è che i media non siano solo sono ignoranti ma che vengano usati come strumento di controllo sociale, il consumo, i soldi, la banalità, la pubblicità, la stoltezza...".

"Davvero, non intendo biasimare nessuno. Il sistema è imperfetto. Chiunque sta dentro sa che il sistema è davvero gigantesco e che non può essere cambiato da una persona o da un gruppo di persone. I media conoscono i loro limiti e conoscono il mercato. Le persone vogliono conoscere la verità su ciò che può influenzare i loro portafogli. Gli ambiti della cosmologia, degli ET, del nuovo ordine mondiale e queste cose che fanno colpo, sono letture amene per le masse, riservate all'intrattenimento, non sono notizie serie."

"Cambierà? Come?"

"Sono dell'idea che i media non cambieranno in modo significativo se non cambierà in modo significativo il sistema d'istruzione producendo studenti che chiedano qualcosa di più che non commedie, sport e previsioni del tempo."

In tarda mattinata stavo tornando a casa dopo avere fatto una commissione in centro, mettendo in cavalletta il mio scassato motorino ho notato che c'era qualcuno davanti alla mia porta, come se aspettasse, mi sono avvicinato ed ho notato un uomo esile, abiti sobri ed uno sguardo vispo nascosto da grandi occhiali quadrati dalle lenti molto spesse, io non l'ho riconosciuto ma lui si, così si è presentato:

"Buongiorno Leonardo, sono Stephen Hawking, mi hanno suggerito di passare a trovarti per provare il tuo unico the allo zenzero, dicono sia il migliore del settimo grande universo, posso approfittare della tua gentilezza? Mi faresti entrare in casa?"

Sono rimasto ovviamente colpito, il più grande astrofisico conosciuto dalle masse era venuto a trovarmi, stava dritto sulla schiena, nessun segno dell'atrofia muscolare che l'ha afflitto nella sua ultima incarnazione. Siamo entrati in casa e ci siamo messi a chiacchierare amabilmente, io un po' intimidito ma dopo essere entrati in leggera confidenza mi sono rilassato ed ho iniziato ad assaporare il piacere della sua colta compagnia. Le solite chiacchiere (mai di circostanza) finché preparavo la bevanda piccante, sembrava leggermi bene il pensiero perché si è messo a parlare della teoria dei quanti, mi frullavano in testa tante domande, quello che segue è uno stralcio della nostra chiacchierata, quello che posso pubblicare:

178

"Sono felice di parlare con te mio caro amico quantico, mi piace il modo in cui usi questo termine, lo sai declinare alla vita quotidiana anche se quasi nessuno capisce cosa intendi dire... – si è messo a ridere di gusto – ... La teoria dei quanti ha predetto fenomeni nuovi mai osservati né sospettati prima: correlazioni quantistiche a chilometri di distanza, computer quantistici, teletrasporto... tutte predizioni che si sono rivelate corrette. La strana idea di limitarsi solo a quanto è osservabile, e sostituire variabili fisiche con matrici...è la sola teoria fondamentale del mondo che finora non ha mai sbagliato e della quale non conoscete ancora i limiti."

"Grazie Stephen, i tuoi complimenti mi fanno davvero piacere, fare il comunicatore quantico non è così semplice, ma dimmi, quante cose ci sono ancora da scoprire riguardante questa rivoluzione scientifica?"

Si è accomodato sorseggiando piano il suo the, e si è messo comodo, come quando si vuole tranquillità per raccontare bene una storia interessante:

"Seguimi con attenzione: immagina che l'universo osservabile sia un piolo intermedio di una scala di cui non si conosce la lunghezza. Ogni piolo sopra e sotto il vostro universo osservabile rappresenta un ordine di grandezza al di là dei vostri sensi. Per esempio, diciamo che il piolo sopra a quello che rappresenta il vostro universo osservabile sia il perimetro esterno della vostra Via Lattea. Usando un telescopio potete vedere il piolo appena sopra di voi, ma il resto della scala si perde in una fitta nebbia.

Guardando in basso – a livello microscopico e con un microscopio elettronico – potete vedere un altro piolo al di sotto del vostro universo osservabile, e con un acceleratore di particelle potete anche teorizzare che cosa potrebbe essere il piolo inferiore al vostro, ma il resto della scala sprofonda verso il basso in una fitta nebbia non diversa da quella che osservate cercando di guardare in alto.

Con tutte le vostre tecnologie e teorie, ancora non avete idea di quanto lunga possa essere la scala, e neanche se la scala sia dritta o si torca poi come una doppia elica; non sapete se la sua sommità infine possa curvarsi fino a collegarsi con l'estremità inferiore della scala stessa. E non sapete neppure se possono esserci anche altre scale."

"Ma allora mio caro Stephen, com'è che sembra sempre che gli scienziati sappiano di più di quello che in realtà sanno?"

"La stragrande parte delle persone sul pianeta – forse il novantanove percento – non ha nessuna esperienza oltre a quella del piolo centrale della scala. E quelli che hanno il privilegio di osservare il piolo successivo sopra o sotto con l'utilizzo della tecnologia presumono erroneamente, o forse sperano, cha la scala mantenga la stessa forma e conservi gli stessi principi.

Gli scienziati più illuminati hanno osservato un altro piolo della scala oltre a quello osservato dalle tecnologie accademiche. Nulla di più. Facendolo, comunque, sono diventati soltanto più umili per via di quanto è profonda e vasta la vostra ignoranza. Hanno appreso che la scala cambia: inizia a modificare la sua forma, e la vostra teoria è che la sua forma non è più prevedibile o anche solo stabile.

Un oscuro scrittore di nome Gustave Naquet ha detto: Ogni volta che la conoscenza fa un passo avanti, Dio fa un passo indietro."

Sono rimasto colpito dalla citazione forbita ma l'ho incalzato:

"In cosa sta sbagliando la scienza odierna?"

"Non si tratta di sbagliare. Ogni piolo della scala può richiedere una fisica o una serie di leggi e strumenti diversi. Di fronte all'umano moderno, il neandertaliano ha forse sbagliato? Era semplicemente un precursore, o una specie di prototipo. Questo vale anche per la fisica, o la cosmologia. Deve essere intesa come un valido prototipo che ha la sua funzione in quel tempo, ma che sarà infine rimpiazzata da un nuovo modello che raccoglie più pioli della scala."

"Ma allora se non sappiamo quel che non sappiamo, siamo destinati a fare supposizioni su cose che vengono poi prese come fatti, quando in realtà si tratta solo di opinioni. Da questo punto di vista, la scienza non è diversa della religione, ti pare?"

"La cosa interessante della scienza è che le origini rivelano come funzionano le cose. Se si riesce ad arrivare dove hanno origine le particelle, si può comprendere come funziona lo spazio interno. Se si riesce a seguire le particelle cosmiche, galassie, quasar e buchi neri, fino alla loro origine, si può comprendere come funziona lo spazio esterno. Quando si uniscono tra di loro le due metà dello spazio, o universo osservabile, si può comprendere come funziona l'intero multiverso.

Il problema è che nessuno ha delle lenti o una tecnologia che possa osservarne le origini. Ed è qui che la teoria ha la meglio. La differenza tra scienza e religione è che la scienza applica la teoria mentre la religione applica la fede. Sia la teoria che la fede, tuttavia, non sono all'altezza di rivelare le origini. Quindi, a tal proposito, sono simili."

La sua risposta mi ha sorpreso ma non mi ha soddisfatto del tutto per cui ho insistito:

"Se non comprendiamo il nostro mondo, e scienza e religione sono inadeguate, dove volgersi? Intendo dire, come potremo mai scendere a patti con la nostra ignoranza?"

"L'ignoranza è pericolosa solo quando si crede di non essere ignoranti. Se tu sai di non comprendere come funzionano le cose al loro livello più profondo, sai di avere dei punti ciechi. Così puoi tenere gli occhi ben aperti verso tutto quello che può favorire una visione più profonda o un più profondo significato. Devi imparare a vivere con l'incompletezza e servirtene come di forza motivante piuttosto che farne oggetto di disperazione o indifferenza.

E per quanto a dove volgersi... è difficile rispondere a questa domanda. Potrei dirti ...dentro di te ma si aprirebbe un discorso più complesso, verrebbero considerati concetti che avrebbero bisogno di una concentrazione più profonda... ed io adesso devo tornare su."

In quel mentre si è alzato dalla sedia come se avesse sentito una sveglia interna che lo avvisava del tempo olografico in scadenza e con una grazia inaspettata si è diretto verso l'uscio, l'ho ringraziato ed abbracciato, ricambiato, è stato lì che mi ha nuovamente sorpreso rispondendo ad un mio pensiero che gironzolava nella mente e che disegnava caratteri di scienziati sapientoni, bisognosi, forse, di un bel bagno di umiltà, mi ha salutato citando suo nonno:

"Mio vivace amico quantico, quando ho iniziato il college il mio caro nonno soleva dirmi – Non essere come quei pesci presuntuosi che facendo un salto per uscire un po' dall'acqua si credono padroni del cielo."

Si è allontanato camminando leggero, come facendo piccoli salti, ho inteso fossero passi felici e spensierati, come quelli di un bimbo soddisfatto.

Si è presentato alla porta, era sera: età indefinita, pochi capelli tirati all'indietro, leggera barba bianca sfoltita con eleganza e cura, indossava una tunica azzurra con una cinta arancione, si è presentato subito, con una gentilezza assoluta, d'altri tempi:

"Buonasera Leonardo, sono Ippocrate, mi hanno definito il padre della medicina moderna, ho fatto una fila lunghissima per venire a bere il tuo the allo zenzero, mi faresti entrare? Ho bisogno di sedermi"

L'ho accolto con la solita cordiale ospitalità e mi sono affaccendato a preparare la mia miscela piccante il giusto, abbiamo (comodamente, amabilmente) scambiato qualche nota mentale e mi sono trovato a parlare con lui di malesseri fisici, la nostra conversazione quantica è iniziata proprio con questa mia domanda:

"Caro Ippocrate, a me sembra che l'umanità nel suo insieme, come il pianeta e tutte le forme di vita su di esso, stiano passando grandi cambiamenti biologici a dei livelli molto profondi. Però ho molti amiche che hanno iniziato questo processo di consapevolezza e relativa trasformazione già da qualche anno ma continuano a sperimentare una sofferenza lancinante e altre problematiche nel corpo fisico, come anche depressione e problemi emotivi e mentali. Potresti, per favore, dirmi qualcosa al riguardo?"

184

Mi ha risposto quasi subito, prima ha fatto un grande respiro, mi è sembrato annoiato, forse la mia domanda era troppo scontata, è stato comunque gentile:

"So bene che ci sono informazioni che asseriscono che la terra, nel suo insieme, stia attraversando una trasformazione globale, ma non è così. La trasformazione avviene un individuo alla volta, e su espressa richiesta della persona. Non è orchestrata contemporaneamente per tutte le forme di vita, perché ciò significherebbe la fine del libero arbitrio.

È comunque vero che, in alcuni casi, lo strumento umano sta attraversando dei cambiamenti che si possono sperimentare a volta intensamente e, a volte, con una notevole sottigliezza. Tuttavia, i cambiamenti più profondi – quelli che riguardano la struttura fondamentale dello strumento umano – non si manifestano necessariamente con disagi fisici o depressione emotiva."

Ma allora perché manifestano questi problemi?

"I disagi fisici e le forti emozioni sono molto spesso attribuibili a una miriade di cause scollegate tra loro che, sono certo concorderai, non sono correlate con questa fondamentale evoluzione dello strumento umano. Ciascuno deve usare il proprio discernimento e la conoscenza di se stesso per distinguere gli effetti del tempo, dell'alimentazione, delle condizioni di stress (e situazioni correlate) da quei cambiamenti più profondi che avvengono ai livelli atomici o sub-atomici."

Mi stai dicendo quindi che non ci sono correlazioni fra questi disturbi e il tempo di trasformazione che stiamo vivendo?

"Non ho detto questo, voglio cercare di essere più preciso, seguimi con attenzione: lo strumento umano è una struttura composita, non è solamente fisica; include i sentieri della mente e dell'intelletto emotivo che sono intrecciati più intimamente con la vostra essità che con il corpo fisico. È questa essità che esprime la sua forma di coscienza attraverso lo strumento umano con maggior vivezza, e questa espressione energizza i sentieri che collegano, o fanno da "ponte", tra la coscienza mentale ed emozionale e l'essità. Puoi pensare a questi sentieri come a un sistema di radici. La mente e le emozioni sono come le radici del corpo fisico che traggono il nutrimento dalla vostra essità. Se questa si attiva per esprimersi più vivamente nel mondo fisico tri-dimensionale, la sua provvista nutritiva si intensifica e la mente e le emozioni assorbono senza indugio questa intensificazione passandola al corpo fisico.

Ogni persona reagisce con qualche differenza a queste intensificazioni energetiche; non esiste una reazione standard."

Mi stai dicendo che questi disturbi sono causati dall'assorbimento di una energia più forte presente adesso sul pianeta?

"La cosa importante da capire è che la presenza dell'essità s'imprime nella dimensione fisica e lascia il suo effetto indelebile. Ciò accade per molti motivi, ma il motivo più rilevante è che gli individui che s'incarnano in questo tempo stanno consapevolmente, e in alcuni casi inconsapevolmente, chiamando questa coscienza a irraggiare la sua energia di unificazione allo strumento umano.

Mi rendo conto che questa supplica o preghiera possa non essere cosciente, ed essere una comunicazione occulta, solo che, quando viene fatta, l'essità intensifica la sua risonanza vibratoria: il risultato è che lo strumento umano inizia ad attivarsi e a cambiare. Questo cambiamento è molto profondo e viene in genere sentito come una maggiore sensibilità allo stress che, nel corpo fisico, si può manifestare con mal di testa e dolori vari, intorpidimento degli arti e sbalzi improvvisi con picchi e cadute di energia."

Colpa dello stress, allora?

"Le ragioni fisiche di tutto questo hanno a che fare con il decimo cromosoma e come questo regola le capacità di controllare lo stress fisico, mentale ed emotivo. L'attivazione dello strumento umano produce profondi cambiamenti nella struttura del DNA, nella chimica cerebrale e nel sistema nervoso centrale.

Questa attivazione è una naturale evoluzione dello strumento umano e sorge dal desiderio di sentirsi uniti e interi, proprio ciò che lo strumento umano è stato progettato a ostacolare. Ricordate che è lo strumento umano che permette all'essità di sperimentare la separazione e l'esperienza individualizzata nel reame di tempo e spazio. Pertanto, se lo strumento umano deve incarnare l'energia di unificazione, deve trasformarsi."

Ma questa trasformazione è una cosa che succede a tutti?

"Questa trasformazione non avviene in modo così ampio come intende la tua domanda. Si limita allo strumento umano di una piccola percentuale dell'intera popolazione umana. Quanti più individui richiamano la propria essità e, di conseguenza, modificano il funzionamento del loro strumento umano, tanto più diventa facile per le nuove generazioni di umani incarnare la vibrazione di unificazione nel loro strumento umano. Tutto questo fa parte dello schema divino per l'evoluzione della specie umana come veicolo dell'anima atto all'esplorazione del cosmo."

Appena terminato di parlare si è alzato facendomi intendere che il suo tempo olografico stava per scadere, l'ho accompagnato alla porta e prima di salutarmi cordialmente si è come scusato:

"Grazie per la tua ospitalità Leonardo, spero che questa spiegazione, seppur breve e decisamente astratta, ti sia stata utile per capire. Come per ogni argomento di tale portata, potrei parlartene per ore e ore e scalfire appena la superficie del tema. Dato che ho avuto poco tempo lineare puoi immaginare quanto questa esposizione sia inadeguata, ma il tempo umano non mi permette di darti tutti i dettagli."

Gli ho risposto che avevo invece apprezzato molto il suo stimolo terapeutico, neanche il tempo di finire il mio ringraziamento che si era dissolto nell'aria tiepidina.

Tornando in casa ho ricordato che non mi aveva detto niente riguardo al mio essere un fumatore appassionato, sorridendo mi sono acceso l'ultima sigaretta della giornata dedicandola a tutte le mie amiche che lamentano disturbi da trasformazione energetica: passa, passa tutto, passerà presto anche questo.

È arrivata di notte, inaspettata, bella come la luna, vestita di una semplice tunica azzurra che levigava i suoi fianchi larghi, gli occhi verdi incastonati in un viso perfetto, i capelli neri lunghi e lisci, la carnagione olivastra, nessun inutile orpello, la sua vibrazione emanava una forza propulsiva come quella di una giovane guerrigliera curda. Sono rimasto affascinato dalla sua presenza fortissima, non l'ho riconosciuta e si è presentata in un modo molto semplice:

"Ciao Leonardo, sono Maria Maddalena, ci prendiamo insieme un the allo zenzero?"

Si è accomodata al tavolo e abbiamo preso confidenza, io mi sono rilassato preparando l'occorrente, con uno sguardo complice mi ha fatto intendere che avrebbe gradito molto miele.

Chissà perché mi aspettavo da lei un discorso femminista invece, leggendomi il cuore, mi ha sorpreso così: "Niente di tutto ciò, lassù non ci sono distinzioni di genere – si è messa a ridere di gusto poi tornando più seria – volevo invece parlarti di Dio, o almeno del concetto che ne avete".

Mi sono rilassato ulteriormente e le ho fatto cenno di iniziare, il registratore era partito:

"Dio è il concetto di unificazione. Dio è il padre universale, di cui noi tutti siamo figli. Quindi, Dio è la forza unificante. Il

190

Creatore. La forza che è la Causa Prima o la Sorgente Primaria. Tuttavia, tutti questi concetti sono gravidi di polarità. Se presumiamo un creatore unificante, allora non dobbiamo anche includere un distruttore separante?"

Mi ha guardato come provocandomi ma ha trovato nel mio sguardo un respiro di disattenzione, forse avevo bisogno di fare un paio di respiri profondi, sincronizzati, Dio non è un argomento da prendere sottogamba. Così ho fatto, lei ha ripreso a parlare come se iniziasse un discorso diverso, o forse lo stesso ma da un'altra prospettiva.

"Il concetto di Dio della Bibbia o della maggior parte dei testi sacri del vostro pianeta, non riporta alcuna somiglianza con l'immagine di Dio come invece la conosciamo noi da lassù. Dio è la forza unificante primordiale ed eterna. Questa forza è la forza originaria che ha tratto da se stessa la vita affinché fosse sia sua compagna che viaggio. Questa vita tratta da sé fu sperimentata moltissime volte fin quando non si giunse alla formazione di un veicolo dell'anima che potesse raccogliere una particella di questa forza e portarla negli universi esterni in espansione."

Si è fermata per permettermi una domanda: "Hai detto che per te Dio è una forza, ma è la forza? È plurale o singolare?"

"Dio è entrambe le cose. Dio si trova ovunque perché è la forza d'unificazione ma, paradossalmente, essendo la forza d'unificazione è anche unico o singolo. I fisici vi potranno spiegare che ci sono quattro forze fondamentali nell'universo: la forza nucleare forte, la forza nucleare debole, la gravità e

191

l'elettromagnetismo. Queste forze sono in realtà aspetti di un'unica forza, primordiale e assolutamente causativa.

Einstein lavorò quasi trent'anni tentando di provarlo con la sua teoria unificata, ma non trovò mai la risposta che cercava. Nessuno l'ha trovata, probabilmente. Questa forza inoltre possiede un'equivocabile coscienza. Vale a dire, non è né caos né ordine. È entrambi e fluttua tra i mondi del caos e dell'ordine come un'onda sinusoidale oscilla tra le ampiezze positivo/negativo.

Dio ha decelerato la sua frequenza per manifestare la sua incarnazione nelle quattro forze conosciute che ti ho or ora citato."

La sua ultima definizione verbale di Dio che rallenta la sua frequenza mi ha colpito al centro, l'ho incalzata cercando di capirne di più: "Ma allora Dio è una forza che si manifesta come?"

Mi ha risposto serenamente, rallentando il suo eloquio per essere intesa meglio:

"Io vedo la cosa in questo modo: la Sorgente Primaria o Dio o Creatore o Universo, in qual modo LO si voglia pensare, trasmette la SUA energia intelligente a tutto ciò che è, come Intelligenza Sorgente o Spirito. Questo Spirito è ovunque, ciascuno di voi/noi compresi. Scorre attraverso di noi; è dinamico, sempre in continuo cambiamento, ha la capacità di risponderci proprio come noi rispondiamo a LUI. In altre parole, è interattivo. In un certo modo, volendolo umanizzare, si potrebbe dire che voi e Dio siete partner. Più date valore a questa partnership, più sentite e vedete i risultati dell'interazione."

La partnership con Dio, che bella storia... Siamo stati qualche attimo in silenzio, lei sorseggiava il mio the estremamente rilassata, io la guardavo, cercavo di entrare nella sua bellezza, per un istante mi è sembrata Sophie Marceau, ho fatto un lungo respiro e poi le ho fatto una domanda che lei già s'aspettava: "Mi puoi dire qualcosa di Gesù? Di Buddha?"

"I maestri spirituali che sono diventati i leader-simbolo delle religioni istituzionalizzate come il cristianesimo e il buddismo, per citare i due maestri di cui chiedi, furono gli esploratori e attivisti spirituali del loro tempo e della loro cultura, furono – e sono – profondamente impegnati nella vita spirituale, e diffusero all'umanità la saggezza da loro faticosamente guadagnata. Nella loro epoca pervennero alle mura più esterne della prigione (il Sistema Mente Umana) abbattendo molte delle precedenti fortificazioni e dei diversivi che trattenevano i loro compagni umani. Erano convinti del loro destino, del loro schema, e furono da esempio per il loro tempo. Le loro motivazioni erano pure e portarono una nuova prospettiva alla condizione umana che permise un'accelerazione verso l'evoluzione spirituale del pianeta. Tuttavia all'epoca lo strumento umano non era preparato per la scoperta della propria essità "divina" ma comunque, la direzione venne impostata, l'impronta posata e una mappa approssimativa sviluppata per le successive generazioni di esploratori spirituali."

Quello che mi aveva detto l'avevo ben capito ma volevo qualche particolare in più su Gesù visto che le era stata molto vicino: "Puoi dirmi qualcosa di più su Gesù? Ma è morto e poi risorto per davvero? È stato un trucco? I suoi miracoli? Stavate insieme? Avete avuto figli?"

Ha ignorato con grande stile la mia umana curiosità e mi ha risposto con un sorriso illuminante:

"Gesù si è manifestato sulla Terra per insegnare agli umani della sua epoca che la morte non era reale, che Dio non era là fuori, ma all'interno dell'individuo – ogni individuo è uguale nel suo essere, che la razza umana era vittima dell'asservimento alla Rete Denaro-Potere e che fino a quando l'umanità non si fosse eretta nell'auto-espressione della sua natura spirituale, sarebbe rimasta un pupazzo del potere. E così è stato."

Con molta grazia si è alzata facendomi intendere che il tempo lineare dell'incontro stava per finire, l'ho ringraziata con un abbraccio forte e tenero, lungo, soffiandole piano le mie parole: "Grazie Maddy, averti avuta mia ospite mi ha fatto davvero felice". Non ho aggiunto altro e lei mi ha detto una cosa che è rimasta incisa nel mio cuore:

"Comunque Leonardo, mio dolce amico umano, soffiatore di pensieri all'orecchio, la cosa che non ti ho detto ma che è la più importante è che non c'è bisogno di credere in Dio, o in una religione o in un maestro. Serve soltanto che si pratichino le virtù del proprio cuore nella propria vita di quel momento. È davvero molto semplice benché la pratica sia difficile, e il processo è di una certa modestia, privo di ornamenti, rituali o tecniche... se non quelli che create voi stessi."

Mi ha regalato un bacio soffiato sulla punta delle dita e si è dileguata, dissolvendosi pian piano, nella strada deserta della notte del Porto.

Tornato dentro ho udito nella stanza un fortissimo profumo di miele, una cosa strana: riuscivo a sentire la dolcezza del nettare attraverso il padiglione auricolare e non dalle papille gustative, ne ascoltavo il sapore. Mi sono addormentato felice ed emozionato.

Difficile da spiegare, ma se dovessi concentrare l'intensità dell'incontro in una sola parola direi...guerrigliero: ho scrutato negli occhi di MM l'energia di una forza in prima linea.

È arrivato di sera, dopo cena, ha suonato il campanello della mia residenza di campagna e stava per presentarsi gentilmente ma l'ho fermato con un cenno della mano:

"Benvenuto Cesare, ti ho riconosciuto subito, accomodati in casa, preparo subito il the".

È entrato strascicando piano le gambe, sembrava non avere più di trent'anni anche se lo sguardo nascosto da grandi occhiali quadrati, era quello di un uomo appesantito da fardelli di esperienze. Timido, vestito di un completo grigio e la cravatta marrone ben annodata, la sua voce era teneramente flebile, gli ho dato il tempo di ambientarsi e nel frattempo canticchiavo "E Cesare perduto nella pioggia sta aspettando da sei ore il suo amore ballerina…". Ha sorriso per la citazione canora, si è come adagiato, più tranquillo, rasserenato.

Con il thé bollente sul tavolo abbiamo iniziato a discutere del mestiere di vivere e altre amenità, quando, con un piccolo tossire discreto ha iniziato il suo discorso quantico:

"Grazie infinite Leonardo, la tua gentilezza mi commuove, ora però accendi il registratore perché vorrei parlarti delle densità energetiche sedimentate nel vostro inconscio collettivo".

Ho fatto come mi ha chiesto ed ha iniziato a parlare, prima sommessamente, poi, via via, sempre più convinto, come avesse fatto ricorso ad un serbatoio di energia che teneva occultato nel taschino interno della giacca grigia:

"L'oscurità che abbraccia il vostro pianeta è l'accumulo della disarmonia umana. Densità su densità su densità si sono depositate sul dominio umano come sedimenti sul fondo dell'oceano. Nello smuoverle, la luce si è oscurata. Gli strati di avidità, guerra, gelosia, rabbia, incomprensione, razzismo, paura e odio si sono sfogliati tutti uno a uno e hanno creato questa oscurità. Per alcuni questo è normale. Per chi si sta risvegliando è invece ripugnante, e io so che molti di voi sono stanchi... stanchi di aspettare i cambiamenti promessi, il cambiamento in un mondo retto dall'amore dove genti di ogni colore, fede e credenza possono vivere in armonia e co-creazione."

Gli ho chiesto di spiegarmi meglio il concetto di densità provocante oscurità:

"Le componenti dell'oscurità sono, di per se stesse, delle entità. Quindi c'è un'entità della Guerra, un'entità dell'Avidità e così via, ma queste entità stanno diventando ogni giorno un po' più deboli... meno potenti. Ciò che sta diventando più forte è la coscienza collettiva dell'umanità. Verrà il giorno in cui l'intelligenza collettiva dell'umanità sottometterà le entità della Guerra, dell'Avidità, del Razzismo e della Paura e, fondamentalmente, le sfratterà dal pianeta. Potrebbe non succedere velocemente quanto qualcuno vorrebbe, ma questo è il percorso su cui vi siete impegnati."

Ho fatto un piccolo sospiro quasi di sollievo ma dalla sua espressione concentrata ho capito che il discorso sulle densità energetiche non era terminato, anzi, l'ha subito, invece, declinato in un modo più personale, come se toccassero anche i nostri respiri quotidiani, e infatti:

"Molti credono che la loro vita dovrebbe essere più prospera e ricca. Che la vita dovrebbe dispiegarsi secondo le loro necessità. Che la loro forza vitale dovrebbe essere facile da incorporarsi. Ma sulla terra ci sono queste densità energetiche depositate da innumerevoli generazioni di umani. Queste densità hanno bisogno di trasformarsi affinché il pianeta cambi la sua frequenza di base in uno stato dimensionale superiore. Ciascuno di voi incarnato sulla Terra fa parte di questo processo di trasformazione.

È uno stato naturale di coscienza desiderare di andare oltre le densità più basse che impediscono l'espressione libera e spontanea delle virtù del cuore, anche se questo processo può estendersi in centinaia, se non migliaia, di incarnazioni in uno strumento umano. Ma, e spero tu possa cogliere l'esito vincente del mio discorso, è proprio questo mutuo processo di trasformazione che l'umanità sta co-creando con il pianeta adesso."

Si è allentato il nodo della cravatta prima di continuare:

"In questo preciso momento di spaziotempo sono in tanti sul pianeta ad avere paura, la polarità della specie induce ad avere paura. Ciò serve solo i fini di coloro che si nutrono con la paura e c'è un'intera industria di paura sulla Terra. Tuttavia questa produzione ha una data di scadenza, questa industria sta già diminuendo. Sì, nel vostro mondo c'è il male. Sì, c'è chi è mal guidato da una mente offuscata. E sì, le produzioni di chi ha investito sulla paura sono tutte intorno a voi sotto forma di modelli culturali e limitazioni. Ma una persona può liberamente scegliere: vivere temendo questa realtà e cercare razionalmente delle spiegazioni nei testi delle antiche scritture o nella scienza, oppure può collegarsi alla sua saggezza del cuore ed esprimerne le virtù, e diventare una fonte di luce in questo mondo."

Ha pronunciato queste ultime parole lasciandosi sfuggire un timido sorriso incoraggiante ed allora gli ho chiesto un consiglio su come dobbiamo comportarci per esprimere queste benedette e supercitate virtù del cuore in mezzo ad un mare di paura furibonda e sottostante, si è rilassato e sempre sorridendo mi ha risposto con un bell'esempio chiarificatore:

"Dunque, mio caro amico, è come attraversare la strada per cominciare una gita in montagna: immaginate di aver messo nel vostro zaino degli attrezzi per questa escursione in salita. Vi servite di ciò che avete portato secondo l'occasione che si presenta, per esempio degli scarponi chiodati se dovete superare un pendio ghiacciato; racchette da neve se dovete attraversare una distesa di neve alta. Ecco, allo stesso modo l'umanità è in viaggio, e in certi periodi dello spaziotempo come questo, il cuore è lo strumento migliore. Adesso è così. La mente superiore sarà lo strumento più opportuno più avanti in questo viaggio ma, per adesso, è il cuore che rende il miglior servizio all'umanità."

Detto ciò si è alzato e con molta gentilezza mi ha ringraziato per la bella chiacchierata sciolta, si è fatto abbracciare, all'inizio era un po' restio ma poi si è lasciato andare, prima di congedarsi e di tornare dalla nuvola parcheggiata nel cielo fuori dal portone mi ha lasciato con queste belle parole, rassicuranti, eccitanti e galvanizzanti:

"Fallo sapere in giro Leonardo: non c'è mai stato un periodo sulla Terra dove la tecnologia, la scienza e la consapevolezza spirituale fossero a un livello maggiore di adesso. Le densità di cui ti ho parlato si stanno via via dissolvendo, vi è ora una confluenza di tecnologia, scienza e spiritualità che alla fine si congiungeranno quando il cuore dell'umanità sarà pronto. Dovete solo coltivare la pazienza".

Nel suo dissolversi mi è parso stesse sorridendo, ho percepito che la sua gita dentro il mio tempo gli sia stata particolarmente gradita. Tornato dentro mi sono trovato a declamare, con sorprendente precisione, la poesia "Lavorare stanca", erano anni che non succedeva.

"Val la pena esser solo, per essere sempre più solo?

Solamente girarle, le piazze e le strade sono vuote.

Bisogna fermare una donna e parlare e deciderla a vivere insieme.

Altrimenti, uno parla da solo…"

Notte fonda, nella strada il silenzio relativo di uccellini ciacolanti, mi sono svegliato come chiamato da una voce silenziosa e cantante, mi sono affacciato alla finestra e l'ho vista arrivare illuminata dalla mezzaluna, vestita di un corto tubino scuro, le spalle scoperte, bellissima, elegante, sofisticata e nera lucida e brillante di un'altra luce; sono uscito per accoglierla e lei mi ha regalato un sorriso senza fine, le ho preso la mano destra dalle dita e l'ho fatta entrare, emozionato col cuore felice: era arrivata Billie Holiday in piena notte a casa mia! Wow! Mi sono immantinente adoperato per celebrare la cerimonia del the allo zenzero.

Lei mi guardava senza dire molto ma sorrideva sempre, trasmetteva il piacere assoluto di essere lì in quel preciso istante di quella sua gita nella nostra realtà.

Ho parlato soprattutto io, giusto nel mio ruolo di umano curioso, rispondeva più che altro con i gesti e con le smorfie, schivando con nonchalance le mie domande sulla sua incarnata esperienza artistica.

IL GIOCO DELLE DITA

Dopo aver sorseggiato il mio thé si è alzata in piedi invitandomi ad imitarla, mi si è avvicinata respirandomi all'altezza degli occhi e mi ha detto sorridendo come una bimba in un campo giochi, la voce dolcemente arrochita:

201

"Chiacchieri troppo amico mio, adesso ti faccio vedere con un gioco nuovo! forza, apri bene le mani ed avvicina la punta delle tue dita alle mie".

Ho fatto come mi diceva (per farvi capire bene le mani erano aperte con le dita rivolte un po' all'interno, come quelle di una giocatrice di volley che alza la palla a chi deve schiacciare).

Con tutte le punta delle nostre dita che si toccavano ho cominciato a vedere qualcosa di strano, era come guardare oltre e farlo nitidamente, davanti a me c'era una figura umanoide che stava al centro di un reticolo di miliardi di fili schizzanti luci continue, questo reticolo aveva un diametro di qualche metro quadrato e chiudeva l'umanoide in una specie di guscio aperto alle estremità, come una grossa caramella...cavoli...è davvero complicato usare parole per definire meglio questa cosa.

Comunque lei guardava divertita i miei occhi sbigottiti e mi ha detto solamente: "Quello sei tu" e poi, con un'altra leggera pressione dei polpastrelli, ha moltiplicato questi reticoli contenenti tutti entità umanoidi, - "questi siete voi" ha detto ancora - una visione incredibile, questi reticoli si intersecavano (s)cambiando colori che non esistono ma questi incroci erano così...armonici, sincronici...bellissimi...Altre parole non ne trovo.

Io ero come inebetito dentro quello che stavo vedendo e sentendo e lei, staccandosi dolcemente dalle dita, mi ha semplicemente detto: "Quello è ciò che siete tutti. Uguali. E ognuno indispensabile per l'intero".

Ci siamo rimessi a sedere sorseggiando la bevanda sensuale, io ancora travolto dall'inaspettata esperienza multi sensoriale, Billie allora mi ha chiesto di premere i tasti REC-PLAY del mio registratore a pile:

"Leonardo, mio buon amico quantico, il gioco che abbiamo fatto era per inviarti un leggero flusso di dati sensorii utili per entrare nel concetto quantico di UGUAGLIANZA SPIRITUALE".

Ho iniziato a registrare e lei a parlare, io ad ascoltare con la punta delle dita ancora tremolanti:

"L'uguaglianza spirituale si trova nei livelli più profondi del cuore umano e vive libera come un torrente di montagna, non-cristallizzata e non-conformata dalla programmazione sociale o anche dall'esperienza umana. Si potrebbe chiamare questa qualità di uguaglianza con molti nomi diversi...

Questa qualità di innominabilità e inimmaginabilità è la sua vera essenza. Il fatto che sia sopravvissuta nel corso di migliaia di anni di persecuzioni da parte di coloro che tentavano di possederla, asservirla e trasformarla in qualcosa che non è, prova con quanta cura sia protetta da parte di coloro che vi avrebbero illuminato attraverso la sua esistenza.

In parte, dato che è invisibile, questa uguaglianza spirituale scorre attraverso il DNA di tutta la vita come sua matrice di esistenza, come suo distillato o essenza quantica. È ciò che sopravvive a tutte le forme di tempo, e benché si celi nel banale, può esprimersi. Può vivere nelle vostre azioni. Può avere forza nella vostra vita. Può diventare voi."

Si è fermata solo per darmi il tempo di assimilare le sue parole e poi ha continuato, alzando di un tono il suo eloquio meraviglioso:

"La bellezza di questa essenza inesauribile è che voi, vivendo come esseri umani, orbitate attorno ad essa come pianeti intorno al loro centro solare. È questa essenza che vi attiva a vivere una vita centrata sull'amore e a esprimere le virtù del cuore nel vostro universo locale proprio come il sole esprime la sua luce ed energia all'esterno senza condizioni. L'uguaglianza spirituale è l'attivatore delle più alte frequenze dell'amore sulla Terra."

Mi ha penetrato gli occhi con una forza sconosciuta, mi ha preso le mani e mi ha fatto entrare nel suo finale:

"Questa essenza o qualità di uguaglianza è ciò che sta arrivando su questo pianeta. Tutti voi state evolvendo dentro di essa, ed essa dentro di voi, e non necessariamente perché lo state tentando consapevolmente o perché qualche forza onnipotente lo sta orchestrando. È semplicemente la naturale conseguenza di un processo che è progettato dentro la vita. È il progetto di un'intelligenza che sorge dalla vostra essenza sovrana collettiva. Siete tutti una parte del progetto, che ne siate coscienti o meno."

Si è alzata con solennità girando le sue lunghe e affusolate gambe d'ebano dirigendosi all'uscita, lì mi ha preso nuovamente le mani con una confidenza che ho apprezzato intensamente e ho sentito le sue ultime parole emozionarsi:

"Leonardo my dear: - QUELLO È CIO' CHE SIAMO TUTTI - posso quasi sentire il fiato mancare, i cuori tremare, una reverente unità, mentre direte queste parole in un futuro non troppo distante."

Nell'abbraccio finale mi è scappato un bacio sul collo, lei ha cercato di far finta di niente ma non le è riuscito bene, si è staccata piano e, voltando le sue splendide spalle nere, si è mescolata alla notte ancora profonda.

Proprio all'imbrunire ha suonato alla mia porta Aldo Moro.
Sono rimasto bloccato per un solo istante colpito al centro
dall'inaspettato, poi l'ho accolto e fatto entrare in casa, i gentili
convenevoli. Nel mentre mi affaccendavo a preparare tazze e
teiera, gli ho chiesto come preferiva lo chiamassi, se Aldo, o
presidente, onorevole o professore.

Si è rilassato, tolto la giacca, seduto e mi ha confidato:

"Amavo insegnare. I ragazzi che venivano alle mie lezioni per
imparare mi facevano sentire che servivo il mio scopo più
appassionato. Lo scambio energetico che rammento fra
insegnante-studente è molto bello da rivivere, anche adesso..."

Si è bloccato un attimo, come se avesse bisogno di maggior
concentrazione per ridestare la memoria del suo ultimo aspetto
incarnatorio, poi ha proseguito:" Non è stata l'arte della
politica, l'amorevole vita famigliare, neppure l'intensità della
violenza terrorista... è l'amore per l'insegnamento il frame
energetico che conservo con più cura di quella avventura
terrestre. Chiamami professore, mi fa piacere rivivere quel
suono vocale".

Ero dunque in intimità con il professore che avevo sempre
sognato, se ne stava pacifico, un che di aristocratico nel suo
tenere la schiena dritta, è stato allora che alzando l'indice per
darmi il via mi ha suggerito la prima domanda:

206

" Intanto grazie professore, disquisire di cose quantiche con lei è un sogno che realizzo… vorrei mi dicesse qualcosa sulla fede, o fiducia, sulle cose che non si vedono. Io discorro spesso di questi argomenti ma i più scrollano le spalle perché viene chiesto loro di avere fede in cose che non si vedono…la fede…forse il termine è abusato, usurato, non corretto?"

Mi ha risposto sorridendo, gentile, il tono pacato, sentivo che apprezzava la concentrazione attenta che gli si dava:

"La fede, mio caro amico, rientra in tutte le cose spirituali perché le frequenze superiori non sono registrate dai vostri cinque sensi o dalle lenti della scienza e della tecnologia. I poteri impercettibili dell'uguaglianza spirituale sono debolmente percepiti dallo strumento umano distratto dalla dualità di un mondo guidato dal successo, dall'avidità e dalle mode. Perdere la fede nei mondi dello spirito perché non si conformano ai vostri cinque sensi o perché la loro importanza sembra sospetta ai fini del guadagnarsi da vivere, è un peccato. È uno spreco, in una vita, perdere la fede in ciò che non si può vedere. È meglio semplicemente dire: non lo so, ma ne considererò le possibilità.

Non c'è nessuno che ora viva sulla Terra, sia vissuto nel passato o vivrà nel futuro, che conosca tutto. Tutti devono alla fine dire a se stessi: non lo so, ma ne considererò le possibilità. È nella contemplazione che percepirete la vostra via verso l'unità e, allo stesso modo, è nella vostra mancanza di contemplazione che arretrerete nella separazione e nell'identità dell'ego."

Si è fermato per soffiare forte sulla tazza del thé sempre bollente, mi sono permesso di fargli un'altra domanda, più terrena, per così dire, anche questa introdotta con riguardo: "Caro professore, cosa mi dice riguardo agli insegnanti, spirituali, tecnologici, psicologici, filosofici che aggruppano studenti di coscienza? Possono dare aiuto? Quali riconosco come i più veri?"

"Ci sono molte, moltissime persone che si sono incarnate sul vostro pianeta che sono insegnanti dei reami spirituali o che hanno, in qualche modo, un metodo per aiutare gli altri a ottenere visioni più profonde nella loro personale capacità di guarire e comprendere. La risonanza intuitiva è un elemento chiave della vostra capacità di valutare le frequenze superiori di un particolare sentiero o insegnamento."

L'ho quasi disturbato con la veemenza della domanda successiva in cui gli contestavo le brutte esperienze di tanti con percorsi spirituali mancanti di coerenza o di rettitudine; mi ha risposto con dolcezza ma mi ha guardato come fa un professore universitario emerito verso un bimbo dell'asilo che gli fa una domanda un poco ingenua:

"Quando percepite che qualcuno non è nella frequenza dell'unità, potete distaccarvene se questa è la vostra preferenza, ma potete anche interagire con lui in modo non-giudicante trasmettendo i vostri messaggi interiori di uguaglianza spirituale. Per questo non occorrono parole, soltanto comportamenti di non-giudizio. Qui è dove l'ardimento è importante, poiché l'ardimento richiede generosità davanti alla separazione. Talvolta questo farà sì che vi sentiate prevaricati o troppo buoni, ma in realtà coloro che sono generosi nel comprendere sono, su questo pianeta, i veri combattenti al servizio della loro missione. Sono loro i veri trasformatori del vostro mondo."

Si è soffermato pensieroso solo per qualche istante, come se cercasse le parole più adatte per quello che stava per dire:

"Vedi, mio irruente amico, sempre più persone si presenteranno alle frequenze dell'unione e dell'unità nei prossimi anni, e molte di loro verranno da un sentiero di separazione; quando queste verranno per la prima volta a contatto con i concetti dell'uguaglianza spirituale, potranno essere goffe nelle loro espressioni. State tutti imparando a vivere in queste nuove frequenze dell'uguaglianza spirituale e dell'unità, e alcuni riescono in fretta e senza sforzo mentre altri, forse meno preparati, navigano in queste nuove acque con cautela e un po' di paura.

Può essere difficile spostarsi dal mondo "reale" delle preoccupazioni e dei successi materiali al mondo invisibile dell'uguaglianza spirituale dove tutto è ridotto a una risonanza intuitiva... un mero sussurro dell'intelligenza del cuore. Sempre più persone attraverseranno questo ponte tra i mondi nei prossimi decenni e sarà un viaggio impegnativo per molti, a cui sarà richiesto di essere generosi sia nel comprendere che nell'aver compassione."

Stavo riflettendo silenziosamente sulle sue ultime parole quando si è alzato e mi ha chiesto di andare in bagno. L'ho aspettato gentile canticchiando una canzoncina senza senso solo per creare suono che rispettasse la sua privacy. Quando è uscito mi ha detto che il suo tempo stava per terminare, l'avevo inteso.

L'ho accompagnato piano alla porta gustandomi ogni attimo vibratorio della sua presenza, e, come sempre un po' impudente, gli ho chiesto, sorridendo seriamente, un saluto di congedo professorale, da poter condividere con altri studenti quantici. Si è fatto solenne e dolce:

"Cari tutti, vi incoraggio alla comprensione superiore dell'uguaglianza spirituale attraverso l'esperienza, che amplia, approfondisce ed espande il portale tra l'individuo e il suo centro spirituale. E questo richiede pratica e la pratica pazienza e disciplina; richiede che l'individuo veda se stesso come un praticante della sua stessa spiritualità, non di quella di qualcun altro."

La lezione era finita. Il cuore più grande e sapiente. Un senso quantico di gratitudine. Il suo andare gentile in dissolvenza.

Sempre di sera, neanche troppo tardi, appena finito di piovere, stavo andando a letto, un paio di tiretti del piccolo joint prima di stendere la schiena.

Dal fondo della strada mi arrivava sempre più vicina una voce un po' sguaiata che canticchiava ossessiva "Largo all'avanguardia…"

Nooooooooooooooooooooooooooooooo! Wowwwwwwwwwwwwwwwwwwwwwww!

Era il mio amico Freak!

(Chi ha letto "Il Dj Quantico" sa quanto amo Freak!!!)

Cazzo… sarebbe stato un thé pieno d'amore.

Quando è entrato in casa non ci siamo detti quasi niente, entrambi emozionati di ritrovarci in questo modo extra, lui solo borbottava "Che storia…che storia…"

Gli ho offerto da fumare ma ha gentilmente e decisamente respinto il pacchetto di camel che gli stavo allungando. Sembrava del tutto disinteressato alle inezie viziose. Ho agito meccanicamente per preparare il mio thé allo zenzero, distratto dall'emozione.

Ci siamo messi a parlare di cose nostre, confidenze, battute irresponsabili, poesie dadaiste, poi ha fatto un grande respiro di benessere e mi ha detto con la sua voce bella, ribelle e poetica:

"...già caro Leo... chi l'avrebbe immaginato...ritrovarsi così...ora però registra, mi piacerebbe parlarti dell'armonia fra il cuore e la mente, è la giustificazione per questo mio viaggio fra le vibrazioni, la scusa perfetta per stare un poco insieme".

Mi sono messo comodo per ascoltarlo con attenzione, io unico spettatore dell'unica fila, lo show di Freak stava per iniziare, non l'avrei interrotto.

L'ARMONIA FRA IL CUORE E LA MENTE

"Mio caro e fedele amico quantico, voi siete antenne! Dovresti già sapere che lo strumento umano è equipaggiato di un portale che gli permette di ricevere e trasmettere da e verso le dimensioni superiori che sorpassano la vostra realtà tridimensionale... la realtà della vita quotidiana. È questo portale che apporta la consapevolezza del corpo, la compassione e l'amore del cuore e il discernimento e l'intuizione della mente verso una nuova armonia. Ed è questa armonia che alimenta l'uguaglianza spirituale, ancorandone la prospettiva in questo mondo.

Il cuore e il cervello sono un sistema integrato progettato per attivare, penetrare ed esprimere le alte frequenze di compassione e comprensione, il cervello ha il ruolo di valutare l'autenticità emozionale del cuore. Questa abilità, intelligenza o intuizione – chiamatela come volete – è assoluta e innata in tutte le forme di vita superiore. Nessuno può utilizzare le tecniche dell'intelligenza intuitiva se il suo cuore trasferisce al cervello dati provenienti dalle distorsioni emozionali comuni agli ambienti tri-dimensionali.

Il cuore non è incline all'ideologia o a rigide strutture. Esso opera in tandem con l'ippocampo e la neo-corteccia al fine di percepire, decodificare e rispondere al vostro universo e multiverso locale in totale libertà. Il cuore è il magnete della vostra percezione – il decifratore che ascolta il mare elettromagnetico in cui vivete e poi attrae le informazioni che vi occorrono per vivere in unità con gli altri; percepisce l'unione nel mondo del vivente e il fine interconnesso nel mondo del non-vivente. È un "fascio di luce" di attenzione che si proietta verso l'esterno sorgendo dalle profondità della vostra coscienza e inondando il vostro universo locale con le virtù del cuore di compassione, comprensione, umiltà e perdono.

LA RAZZA È UN ARAZZO

Nonostante la diversità della famiglia umana e la sua separazione in varie razze e preferenze culturali, la razza umana è come un arazzo che si trasforma in un unico colore, e questo colore è la luce. Qualcuno chiederà come la memoria umana della separazione, dell'ingiustizia, dell'ignoranza, del razzismo, del genocidio e della manipolazione possa mai essere guarita; eppure, dietro questo insieme di memorie, vi è una memoria più possente e stringente... quella di una luce dove l'unità risiede in quanto base della coscienza."

Non sono riuscito a mantenere la promessa di non interromperlo e gli ho citato una strofa di una bellissima poesia quantica che si confaceva a quanto mi stava dicendo: "In una terra di guerra e di pace io sono il mistero del bene e del male in mezzo al fiorire dell'unità"

Freak non si aspettava questa congiunzione poetica e si è vistosamente emozionato (anche se non è proprio come l'emozione che sperimentiamo noi, da più il senso la definizione di "emozione intera").

Ha quindi ripreso a parlare con tono squillante:

"Mio grande amico, l'umanità è sulla strada che porta a questa capacità di ricordare questa memoria originale, ma è un viaggio infinito; e lungo la via i membri della sua forza collettiva mostrano debolezza, crudeltà e ingiustizia. La memoria umana sarà riforgiata nel perdono quando sempre più persone amplieranno le loro prospettive per includere le dimensioni superiori dove questa uguaglianza spirituale è presente nella sua comprensione totale. Vi state risvegliando dal sogno delle ego-identità separate alla realtà del vostro sé collettivo, rivestito di un potere armonioso nello spirito, nella mente e nel cuore. Questa è la nostra visione e pur se alcuni di voi scuotono la testa increduli, non fingete indifferenza, perché questa è l'essenza del perché voi siete qui in quanto voi."

- Voi in quanto voi – Speciale! capite perché di Freak ero fan quando un suo aspetto cantava negli Skiantos?

"Siete venuti in questo mondo come un esploratore: un'anima nuda che veste uno strumento umano per sperimentare questo mondo di separazione non come un esperimento o un test, ma come trasmettitore di uguaglianza spirituale. E non importa quanto il mondo sia in parti separato, non importa quanto chi ha il potere ghermisca ancor più potere, non importa quanto insudiciato possa l'amore diventare, voi siete qui per trasmettere le virtù del vostro cuore e le comprensioni originali più profonde della vostra mente."

È stato un momento lungo di commozione, Freak non ha detto e fatto niente, dopo un silenzio rispettoso durato non so quanto, ha continuato a parlare poetando:

"Per qualcuno, questo mondo può assomigliare a una scuola e voi a degli studenti, ma sarebbe di gran lunga più preciso dire che voi siete qui per esercitare il vostro libero arbitrio nel ricevere e trasmettere le correnti superiori dell'uguaglianza spirituale. Ciò è analogo al trarre acqua da un pozzo profondo e versarla in un centinaio di coppe per i vostri compagni di viaggio che hanno sete. In questa analogia non esiste nessuna scuola: si tratta più di una dispensazione di speranza, di visione, di amore, di unità.

Con tale cuore e mente sarete allineati all'uguaglianza spirituale e, così facendo, servirete il vostro scopo su questo pianeta in questo tempo."

Ha concluso con un inchino.

Si è alzato preparandosi per uscire e con lo sguardo mi ha guidato al piccolo joint spento e dimenticato sul posacenere inattivo. Glie l'ho acceso e offerto chiedendogli, prima di salutarci, qualche dritta quantica per far funzionare bene il sistema integrato ed armonico fra il cuore e la mente.

Mi ha risposto soffiandomi addosso un fumo mistico avanguardistico, il tono della voce particolarmente incitante:

"Non negate il terreno spirituale su cui camminate ogni giorno della vostra vita. Non fate finta di essere un automa di un sistema che è progettato da mani umane o anche extraterrestri. Siete liberi di credere e di contemplare le frequenze superiori dell'unità a prescindere da dove vivete, da qual è il vostro lavoro, della vostra età, da quanto siate istruiti o di quale sia il vostro stato di salute. Se praticate questa contemplazione, se vi assumete l'auto-responsabilità della vostra vita spirituale, ed esprimete i messaggi di unità nel vostro comportamento, di che cosa mai potete mancare?"

L'ultimo tiro del joint me l'ha lasciato con grande amore.

Si è allontanato nella direzione contraria con le mani in tasca che spingevano le braghe più basse della vita.

Rientrando ho realizzato che dopo questo thé quantico sarei stato cacciato, senza altra chance di rientro, dalla tribù dei "Oci Secchi"; che andassero a farsi fottere pure loro. Ho abbracciato il mio amico Freak, ci siamo scambiati amore ed onore…che cazzo ne sanno loro…

È arrivato al tramonto, ero fuori a buttare il sacchetto dell'umido quando l'ho visto arrivare, camminava lento dentro ad un impermeabile nocciola, fumava con eleganza, età apparente fra i 29 e i 53 anni. Fighissimo, uno stile inimitabile. L'ho aspettato felice, l'ho accolto e fatto entrare facendomi consegnare l'impermeabile, ci siamo amichevolmente aggiornati mentre mettevo a scaldare il pentolino sempre pronto. Mettendo il necessario sul tavolo gli ho chiesto: "Toglimi una curiosità Marcello, riusciresti in qualche modo descrivermi come ci vedete voi da lassù?"

"È qualcosa di difficile da descrivere, Leonardo, ma ci provo: è un po' come se un'immensa fila di umani si srotolasse dal fondo di una piana desertica fino alla svettante cima di una montagna, e quelli che sono in cima – grazie a una videocamera – passano il meraviglioso panorama del più vasto mondo che loro vedono a quelli nella fila, così che chi si trova nella piana desertica, e lungo il tragitto, possa avere l'esperienza di quel panorama ispiratore che chiama tutti ad ascendere...

Salire in nuovi territori, in nuove dimensioni.

E così che posso avvicinarmi a descriverlo a parole, Leonardo. Il futuro dell'umanità si estende lungo il continuum spazio-temporale ben più di quanto le sue origini emergano dalla storia."

Questa immagine così cinematografica mi aveva colpito molto, me la stavo immaginando questa fila lunghissima e i filmati della visione dalla cima circolare, clandestini, fra alcune delle persone che stavano in fila nella bassa pianura dove l'aria era stagna e i pensieri stavano sospesi senza movimento. Stavo partendo a farmi un film mentale quando Marcello, leggendomi testa e cuore, sorridendo mi ha invitato a registrare; mi ha detto con il tono del narratore che sa che sta per sorprendere ancor di più chi ascolta:

RITORNO AL FUTURO

"Una delle verità che impressionerà l'umanità in un futuro non troppo lontano sarà comprendere che la vostra collettività futura interagisce con la vostra forma presente."

L'ho guardato sbalordito.

"Perché dovrebbe sembrare improbabile che i vostri futuri sé possano comunicare con il vostro spaziotempo del 22° secolo, non con invenzioni tecnologiche, ma semplicemente attraverso l'ampliamento di una coscienza più elevata e ampia?

Questo è un tema di per sé complesso, Leonardo, perché molte delle cosiddette interazioni con il creatore, gli esseri angelici e lo spirito sono in realtà interazioni con i vostri futuri sé come coscienza collettiva quantica della specie umana di uno spaziotempo lontano che raggiunge il vostro. A un certo livello siete gli stessi, naturalmente se si esclude lo spaziotempo dall'equazione."

218

Si è fermato per darmi il tempo di assimilare, si è riempito nuovamente la tazza della calda bevanda piccante, invitandomi con un cenno del viso, a fargli una domanda che forse c'entrava poco, ma sapete talvolta sono irruento...

"Com'è che... i nostri futuri sé entrano in contatto con noi e non esiste alcun documento o libro sacro sul pianeta che ne parli? Nessun cenno in nessuna letteratura spirituale..."

"Il futuro viene reso in vicende mitologiche oscure perché i vostri futuri sé non vogliono estendere troppo il loro aiuto interferendo con le vostre scelte e libero arbitrio. Ci sono anche altre specie – di natura extraterrestre – che sono collegate alla vostra causa o destino umano e anche loro voglio essere utili, ma non anticipano la loro visione collettiva perché sanno già ciò che voi siete diventati, e poi... questa crisalide post-umana in cui attualmente sono è molto, molto impressionabile."

IL DNA È UN COMBUSTIBILE

"Allora, vediamo se ho capito: poiché i nostri futuri sé sono esseri saggi e amorevoli, nessuno vuole mandare a monte il tutto interferendo con noi; è in qualche modo così?"

"Sì, ma questa è una semplificazione. La specie umana si estende ben oltre la vostra attuale definizione di ciò che un umano è. Come sai, tutti sul nostro pianeta azzurro sono per il 99,9% uguali in termini di DNA, eppure se vai al mercato e ti siedi su una panchina per un'ora o due, non diresti che tutti quelli che passano sembrano identici al 99,9%. Invero, nella specie umana c'è una grande varietà in ogni dimensione misurabile, eccetto che nel DNA. Questa sostanza che voi chiamate DNA è forse l'essenza più osservata del cosmo perché è il filo che intreccia lo spaziotempo al non-spaziotempo e, in tale traiettoria, definisce il destino di una specie.

Proprio come si pensa al DNA come personale di un individuo o della linea genetica di una famiglia, si può pensare al DNA anche come a un collettivo – a livello di specie – nel cui interno è contenuto il combustibile per raggiungere il Sole Centrale di una galassia. Mi rendo conto che sembra una metafora, e in parte lo è, ma fondamentalmente ciò che dico è piuttosto letterale.

Il DNA non è qualcosa che trasmette solo delle caratteristiche fisiche o delle predisposizioni. Trasmette anche il concetto che avete di tempo, spazio, energia e materia. Trasmette i vostri filtri consci e inconsci; trasmette la capacità di essere ricettivi all'impulso interiore del pensiero originario, e questa ricettività è ciò che definisce il moto dell'essere. (…)

(…) Allora saresti sorpreso se ti dicessi che nel tuo DNA – prima della nascita – tu depositi un'immagine che definisce il tuo moto dell'essere. E quando questo deposito viene stabilito, il tuo moto dell'essere viene definito da te, e da nessun altro. Nessuna forza esterna ti fa prendere una decisione, una forza esterna può solo in-formare e attivare una decisione già presa."

Ha fatto un lungo sospiro cercando di decifrare il mio sguardo per vedere se avevo capito, ha concluso il suo discorso quantico:

"Leonardo amico mio, il genoma umano è così antico e risale così lontano nel tempo da rendere la definizione di umano, per come lo conosciamo ora, analogo a come era definito l'universo nel 12° secolo, perciò non crucciarti se non capisci tutto."

Ho spento il registratore. Ci siamo salutati con affetto scambiandoci abbracci e bella energia. Se n'è andato così come era arrivato, camminando lento dentro al suo impermeabile nocciola, tirandosi su il bavero per proteggersi dal vento troppo fresco.

Wooow! Che storia! I nostri futuri sé che vengono a trovarci, e il DNA come combustibile verso il sole centrale e deposito del personale moto dell'essere di ognuno...

Questi thè allo zenzero sono come un corso quantico accelerato, come quando andavi a scuola e ti facevi 5 anni in uno all'Aleardo Aleardi.

Questa storia è iniziata durante la quarantena stretta.

Tutti chiusi in casa, no lavoro, no scuola, nessuna attività esterna, le strade vuote, il silenzio spezzato da sirene di ambulanze che marciavano ai 30 all'ora. Un clima surreale, da film, un film vero.

Ho vissuto quelle settimane completamente da solo, nessun contatto fisico, le relazioni personali gestite con poche telefonate e qualche messaggio. Da solo, fino a quel lunedì 30 marzo 2020 quando qualcuno ha bussato alla mia porta, ho aperto ed era Dio che era venuto a trovarmi chiedendomi di fargli un thé allo zenzero.

Di quello che mi ha detto ho già scritto all'inizio ma voglio ricordare ciò che mi ha sussurrato quando se ne stava andando via: "Adesso basta con le domande, è il tempo di far funzionare il network della responsabilità personale."

Qualche giorno dopo si è presentato alla mia porta un tipo strano (che io chiamo "il becchino") che mi ha detto di essere uno "specialista dei trapassi", mi ha lasciato un ottimo consiglio; nei giorni seguenti sono arrivati poi E.T. (una gnocca spaziale) e il dottor Spock.

A distanza di tempo credo che questi primi incontri fossero sperimentali, per tarare le energie di queste trasferte dimensionali. Dopo di allora si presentarono Buddha, Bob

Marley, Albert Einstein, Alda Merini, Gandhi, Ayrton Senna e tanti altri personaggi (definiamoli così anche se è il termine è limitante), venuti tutti a bere il mio oramai rinomato thé allo zenzero, il migliore del 7° super universo.

Ne sono arrivati una cinquantina, questi 40 che avete letto già trascritti e qualche altro non pubblicato, per diverse ragioni.

L'INCONTRO PUBBLICO A HOSTARIA, IL THE QUANTICO ALLO ZENZERO LIVE

Settembre 2020. Mentre si stavano pensando le conferenze pubbliche di Hostaria, Alessandro Medici, il presidente dell'associazione culturale che organizza il festival, mi ha fatto la proposta, clamorosa, di preparare un thé allo zenzero pubblico il sabato del festival, il 10 del 10 dell'anno 20 20 alle 17 e 17. Rimasi sbigottito, non avevo mai pensato che questi thé zenzerati potessero avere una modalità live; di fronte a me c'era Enrico Garnero, il mio compagno (non praticante) di lavori culturali da 2 decadi oramai, che appena ha sentito la proposta del presidente si è messo le mani sui folti capelli scapigliandoli ancor più del solito...

La vibrazione del suo sconcerto mi ha fatto decidere, all'istante, che era una cosa folle ma che si poteva fare. Ho contattato il mio amico attore Massimo Totola chiedendogli di partecipare a questa novità quantica. Ha accettato entusiasta e con lo sguardo folle e ribelle che lo distingue da tutti.

Perché lo spirito usa i numeri per farci l'occhiolino.

INDICE (PRIMA PARTE)

INDICE (SECONDA PARTE)

Printed in Great Britain
by Amazon

48098292R00137